Pink

Stephanie Polák

Herzfunken

PINK • Ein Imprint von Oetinger Taschenbuch

Für meine wunderbaren Kolleginnen
und Freundinnen Corinna, Mascha und Sonja,
dank denen ich nie so ganz alleine an
meinem Schreibtisch bin.

PINKpressum

Originalausgabe

Umschlaggestaltung: Kathrin Steigerwald
Umschlagmotiv: Foto: © Shutterstock;
Illustration: © Kathrin Steigerwald
Druck: CPI books GmbH, Birkstraße 10, 25917 Leck, Deutschland
ISBN: 978-3-86430-050-9

FSC www.fsc.org MIX
Papier aus verantwortungsvollen Quellen
FSC® C083411

www.oetinger-taschenbuch.de

01

MEIN HERZ FLATTERT. Ich bin aufgeregt – so sehr, als ob ich gleich selbst auf die Bühne müsste. Dabei warte ich nur zwischen lauter anderen Leuten im Publikum. Emily ist neben mir, und in dem Moment, in dem die Jungs auf die Bühne treten, drücke ich ihren Arm. Wir grinsen uns an, und dann geht's los.

Auf der Bühne des Jugendclubs steht unsere Schulband *Next Door*. Ole am Schlagzeug, Bendix an der Gitarre, Nico am Bass und am Mikrofon: Lennert. Allein bei seinem Anblick werden meine Knie schon weich. Ich wünsche mir, dass sie mit dem Song *Sommerregen* anfangen, der macht mir immer wahnsinnig gute Laune! Aber der kommt vermutlich erst zum Schluss. Stattdessen erklingen die ersten Töne von *Das Pech liegt auf der Straße* – ein ziemlich rockiger Song, der dem Publikum wohl erst mal richtig einheizen soll. Das gelingt sofort. Die sechzig oder siebzig Jugendlichen, die hier sind, fangen an zu wippen, und einige beginnen gleich zu tanzen. Beim zweiten Lied kann ich auch nicht mehr an mich halten. Ich klatsche in die Hände, bewege meine Füße und fühle mich, als ob der Beat durch meine Adern fließt.

Ich tanze.

Ich schwebe.

Ich taumele vor Glück.

Ob Lennert mich von der Bühne aus sehen kann? Manchmal glaube ich, dass er mich anschaut. Aber vielleicht erkennt er uns auch gar nicht, weil die Scheinwerfer, die die Bühne in türkisfarbenes Licht tauchen, viel zu grell sind.

Ohne Pause folgt ein Lied aufs nächste. Es ist nur ein neues dabei, alle anderen kenne ich. Neben mir wirft ein blondes Mädchen wild den Kopf hin und her. Emily holt zwei Cola für uns. Dummerweise rempelt mich die Blonde genau in dem Moment an, als Emily mir meine Cola reicht, sodass sich der Großteil des Getränks über meine Schuhe ergießt. Doch das tut meiner guten Laune keinen Abbruch.

Die Jungs rocken die Bühne. Und ich genieße es, Lennert einfach mal ungeniert anhimmeln zu können. Leider ist der Auftritt viel zu schnell vorbei. *Next Door* muss einer anderen Band Platz machen. Wir hören kurz zu und verlassen dann den Raum. Im Flur davor stehen platt gesessene Sofas und altmodische Tische. Emily deutet auf eine Sitzecke, die noch frei ist. »Wollen wir noch ein bisschen bleiben, oder musst du schon nach Hause?«

Ich schaue auf die Uhr. »Nee, ich hab noch Zeit.«

»Vielleicht hast du ja Glück, und Lennert kommt hier vorbei.« Meine beste Freundin schiebt mich auf einen Sessel gegenüber vom Konzertraum. Um uns herum sitzen einige Schüler aus höheren Klassen, die ich vom Sehen kenne. Von den Jungs der Band kann ich aber niemanden entdecken.

»Schau mal, dahinten ist Jonas«, sage ich und stupse Emily

an, die beim Anblick ihres Bruders nur gleichgültig mit den Schultern zuckt.

»Ja, schon gesehen«, sagt sie völlig desinteressiert.

»Alles okay bei euch?«, frage ich besorgt.

»Na ja, seit er mit dieser Denise zusammen ist, nervt er echt. Und sie kann ich einfach nicht leiden.« Emily rümpft ihre Stupsnase.

Ich muss lachen. Emily und Jonas verbindet eine echte Hassliebe. Das war schon so, als wir Kinder waren.

»Ich muss dir aber noch was erzählen«, sagt Emily lächelnd und beugt sich ein wenig vor.

»Was ist?« Es fällt mir schwer, mich auf Emily zu konzentrieren. Immer wieder schaue ich in Richtung Konzertraum und hoffe, dass Lennert doch noch rauskommt. Ob die hinter der Bühne sind? Vermutlich packen sie ihre Instrumente ein. Emily verpasst mir einen leichten Klaps gegen das Knie. Ich fühle mich ertappt und lächele entschuldigend. »Tut mir leid. Ich wollte nur … na, du weißt schon.« Sehnsüchtig seufze ich, und Emily nickt verständnisvoll.

»Schon gut. Aber jetzt hör mir doch mal zu. Du weißt doch, dass das Haus neben uns so lange leer stand.« Emily sieht mich prüfend an – vermutlich, um zu kontrollieren, ob sie diesmal meine volle Aufmerksamkeit hat. Also nicke ich brav. »Gut«, fährt sie fort. »Da ist jetzt eine neue Familie eingezogen. Die haben einen Sohn.« Trotz des gedämpften Lichts sehe ich, dass meine Freundin errötet. Sie lehnt sich zu mir herüber und flüstert: »Er heißt Max und ist totaaal süß!«

»Ach ja?«, sage ich und versuche krampfhaft, mir nicht anmerken zu lassen, dass ich schon wieder die Tür des Konzertsaals scanne, durch die gerade ein paar Leute kommen. Für Sekundenbruchteile lasse ich meinen Blick in den Raum schweifen, wo Bendix und Nico sich gerade an die Bar stellen. Immer noch keine Spur von Lennert. Ich zwinge mich, Emily zuzuhören, die bereits in den höchsten Tönen von dem neuen Nachbarsjungen schwärmt.

»Geht der dann auch auf unsere Schule?«, erkundige ich mich und hoffe inständig, dass sie dazu noch nichts gesagt hat.

»Nee, Max geht auf eine Oberschule mit mathematischem Schwerpunkt. Leider. Aber da er ja sonst niemanden hier kennt, werde ich ihm anbieten, ihm die Stadt zu zeigen.« Emily kneift die Lippen zusammen. »Wenn ich mich das traue.«

»Ach klar!«, ermuntere ich sie.

»Na, das sagt ja genau die Richtige.« Sie stellt ihr Glas auf den kleinen Tisch neben uns und legt den Kopf schief.

Nun kneife ich die Lippen zusammen und blicke verlegen zu Boden.

»Hast du ihn denn schon entdeckt?«, fragt sie und sieht sich viel zu auffällig um.

»Nein«, zische ich.

»Hm, dahinten ist schon mal der Gitarrist.« Emily lässt ihren Blick weiter durch den Raum schweifen. »Und an der Bar steht Lennerts Bruder. Uuups«, sie setzt ein unnatürliches Lächeln auf, »er schaut gerade zu uns rüber.« Emily hebt die Hand zum Gruß. »Hallo, Nico«, sagt sie mit zusammengebissenen Zähnen, und ich stupse sie mit dem Ellenbogen in die Seite.

»Jetzt hör aber mal auf!« Demonstrativ lehne ich mich zurück, sodass sich die Bar und damit Lennerts Bruder nicht mehr in meinem Sichtfeld befinden. »Du bist so peinlich«, schimpfe ich mit Emily.

»Von nichts kommt nichts«, kontert die und greift eingeschnappt nach ihrem Glas. Emily ist natürlich nicht wirklich böse, weil ich sie *peinlich* genannt habe. Schon nach zehn Sekunden redet sie einfach weiter: »Jedenfalls haben die Eltern von Max uns zum Grillen eingeladen. Nächste Woche.«

»Na, das ist doch super!«, antworte ich und entdecke in dem Moment Lennert, der sich einen Weg durch die Menge zur Bar bahnt. Er ist umringt von fünf Mädchen. Ein Mädchen mit einem viel zu kurzen Shirt hängt an seinem Arm. Ein anderes Mädchen lacht gerade total albern. Und alle fünf himmeln ihn an. Meine Laune sinkt in den Keller. Was für blöde Hühner! Es hat auch nicht den Anschein, als ob sie ihn in absehbarer Zeit freilassen würden. Ich beschließe, dass ich hier wegmuss. Dieses Theater will ich mir nicht länger antun.

»Du, ich muss jetzt nach Hause, sonst gibt's Ärger.« Energisch deute ich auf meine Armbanduhr. Es ist kurz vor neun. Sie nickt, und wir erheben uns. Noch einmal schaue ich zur Bar, wo Lennert zwischen all den Hühnern am Tresen steht. Schlagzeuger Ole gesellt sich dazu, und die beiden schlagen ein. Mit den ganzen Mädels an ihrer Seite wirken die zwei wie echte Rockstars. Nun nähert sich noch eine Truppe Jungen. Einer klopft Lennert anerkennend auf den Rücken, ein anderer prostet Ole mit seinem Glas zu. Nur Nico hält sich etwas abseits. Sein Blick folgt uns, als wir den Raum verlassen. Ich wünschte, Lennert hätte mich nur eines Blickes gewürdigt.

02

AM MONTAG laufe ich gerade über den Hof zu meinem Fahrrad, als mein Handy piepst. Ein Du gehst da hin! leuchtet mir entgegen. Ich fühle mich ertappt und bleibe schuldbewusst stehen. Emily und ihr ewiger Kontrollzwang. Selbst wenn sie krank im Bett liegt, hört das nicht auf. Ich weiß, sie meint es nur gut, aber nerven tut es trotzdem. Gestern Abend hat sie mich angerufen, weil es ihr nicht gut ging. Heute war sie dann gar nicht in der Schule. Aber die Sache mit der AG hat sie natürlich nicht vergessen. Meine Finger fahren planlos über der Tastatur hin und her, während ich nach einer passenden Ausrede suche. Kopfschmerzen? Lehrer krank? Schule abgebrannt? Mein Handy piepst erneut: Und keine faulen Ausreden, Stella!

Emily kennt mich einfach viel zu gut. Seufzend tippe ich: Ausreden? Ich? Niemals! Bin schon auf dem Weg! Dann schiebe ich das Handy wieder in meine Tasche, mache auf dem Absatz kehrt und laufe über den Hof zurück zur Schule.

»Na, Stella, was vergessen?«, fragt mich Herr Steingräber, unser Mathe- und Erdkundelehrer, der mir mit seiner abgewetzten Ledertasche unter dem Arm entgegenkommt.

»So ungefähr«, murmele ich und springe die Stufen zum Foyer hinauf. Dort steuere ich wieder einmal auf das Schwarze Brett zu. Seit Tagen studiere ich die Listen der diesjährigen Schul-AGs, obwohl ich eigentlich schon längst einen Entschluss gefasst habe. Mein Blick streift die Aushänge. Da werden die üblichen Dinge wie Basketball oder Hockey angeboten, doch ich leide seit der dritten Klasse an einer Ballphobie. Ja, beim Völkerball kann man sich tatsächlich den Arm brechen, auch wenn ich vermutlich der einzige Mensch auf der Welt bin, dem das je passiert ist. Die Sport-AGs sind also raus, obwohl ich nicht unsportlich bin. Ich bin klein und schnell, aber mit Bällen stehe ich einfach auf Kriegsfuß. Und alle Sport-AGs haben irgendwas mit Bällen zu tun – zumindest bei uns an der Schule.

Dann gibt es eine Big Band. Auch wenn ich der Blockflöte im Musikunterricht in der vierten Klasse nur schiefe Töne entlocken konnte, habe ich in der Zwischenzeit recht ordentlich Klavier spielen gelernt. Zu Weihnachten beglücke ich meine Eltern und die Omas mit *Jingle Bells* und *O du fröhliche*. Doch für eine Band reicht das längst nicht.

Unsere Biolehrerin bietet wieder eine Schulgarten-AG an. Da war ich letztes Jahr. Aber das Wühlen im stinkig-warmen Komposthaufen hat mir nicht wirklich viel Freude gemacht. Und als sich dann noch eines Nachmittags eine glibberige Nacktschnecke in meine Schultasche verirrt hat, habe ich die Gärtnerschaufel an den Nagel gehängt. Stattdessen bin ich dann zur Japanisch-AG gegangen, aber das war mir wirklich zu kompliziert. Japanisch ist die schwierigste Sprache der Welt! Man muss etwa zweitausend Schriftzeichen kennen, um einen japanischen Text lesen zu können. Da hat mich schon nach den ersten zwanzig Schriftzeichen die Lust verlassen. Und mal im Ernst, wie oft im Leben muss man schon einen japanischen Text entziffern?

Und so hatte ich mit dem Thema Schul-AG eigentlich abgeschlossen und es als Zeitverschwendung abgehakt. Doch dieses Jahr reizt mich etwas ganz Besonderes, etwas Neues, und blöderweise habe ich Emily davon erzählt, weshalb ich jetzt hier stehe, statt mit meinem Fahrrad nach Hause zu fahren.

Herr Hübner, ein junger und recht netter Lehrer, der erst seit letztem Jahr an der Schule ist, bietet die AG Schulradio an. Zum hundertdreiundsechzigsten Mal lese ich den Aushang:

Für den Aufbau eines schuleigenen Radioprogramms suchen wir motivierte und engagierte Schülerinnen und Schüler ab Klassenstufe 9. Die Redaktion wird sich jeden Montag um 15 Uhr in Raum 213 treffen.
Ziel der AG ist es, im Laufe des Schuljahres eine eigene Radiosendung auf die Beine zu stellen.
Wir werden gemeinsam für Beiträge recherchieren, Interviews vorbereiten und führen, passende Musik auswählen und hoffentlich schon bald auf Sendung gehen.
Solltet ihr Interesse an diesem Projekt haben oder später mal Journalist werden wollen, kommt zu unserem ersten Treffen am 5.9. um 15 Uhr.

ACHTUNG: Für unsere zukünftige kleine Radiostation benötigen wir noch folgende technischen Teile, gerne gebraucht, Hauptsache funktionstüchtig:
CD-Player
Kopfhörer
MP3-Rekorder

Ansprechpartner und AG-Leiter:
Klaus Hübner

Ich schlucke und schaue auf die Uhr. Es ist Punkt drei. Und es ist Montag. Montag, der 5. September. Genau jetzt setzt sich die neue Schulradio-Redaktion zum ersten Mal zusammen. Und ich bin mir noch immer unsicher, ob ich Raum 213 oder doch besser das Weite suchen soll. Eigentlich habe ich wirklich wahnsinnige Lust, ein Redaktionsmitglied zu werden.

Meine Tante Juliane arbeitet seit Jahren als Journalistin und reist durch die ärmsten Länder der Welt, um auf die Missstände dort aufmerksam zu machen. Dafür bewundere ich sie. Und wenn mich jemand fragt, was ich später mal werden möchte, sage ich immer Journalistin. Vielleicht nicht gerade in Entwicklungsländern. Aber immer neuen Themen auf der Spur zu sein, finde ich wahnsinnig spannend. Und da wäre das Schulradio natürlich ein geeigneter Einstieg. Meint Emily. Und Juliane. Und meine Eltern. Ich weiß das ja auch selbst.

Allerdings hab ich keine Ahnung, wie die anderen da so sind. Keiner, den ich kenne, wollte die AG belegen – denn es gibt ein Problem: Ich bin noch nicht in der neunten, sondern erst in der achten Klasse. Also, eigentlich *darf* ich noch gar nicht teilnehmen, oder? Es wäre so toll gewesen, wenn Emily mich begleitet hätte. Aber meine Freundin möchte dieses Jahr wieder bei der Theater-AG mitmachen, die zur selben Zeit in der Aula stattfindet.

Theater wiederum ist nichts für mich. Texte lernen und dann vor der ganzen Schule auftreten – niemals! Das Schulradio dagegen ist genau mein Ding. Ich kann mir keinen Arm brechen, muss nicht vor Menschenmengen reden, und Schnecken sind auch nicht zu erwarten. Los, Stella, sei kein Weichei! Außerdem würde mir Emily heute Abend sicher die Hölle heißmachen, wenn ich's nicht wenigstens versucht hätte.

Ich atme tief durch, straffe meine Schultern und steige in den zweiten Stock hinauf. Raum 213 liegt direkt neben der Treppe. Ich starre die moosgrüne Tür an. Was soll schon passieren? Herr Hübner kann mich rauswerfen, weil ich zu jung bin. Das wäre etwas peinlich vor den anderen, aber egal. Ich versuche, meine krisseligen Haare in Form zu bringen – vergebens. Noch einmal hole ich tief Luft, greife nach der Klinke und öffne die Tür.

03

»**AH, EINE NACHZÜGLERIN,** wie schön«, begrüßt mich Herr Hübner, der in Jeans und T-Shirt lässig auf dem Lehrerpult sitzt und mich angrinst. Ich kenne ihn bislang nur von den Vertretungsstunden, aber er scheint ganz nett zu sein.

»’tschuldigung«, murmele ich und schiebe mich auf den ersten freien Stuhl, den ich zu fassen kriege. Ob ich das mit der 8. Klasse gleich hätte sagen sollen? Hm, zu spät.

»Kein Problem! Zumindest, solange wir nicht *on air* sind«, witzelt Herr Hübner und wiehert wie ein Pferd.

Sehr lustig. Verstohlen schaue ich mich um. Ein ganz normaler Klassenraum. Nach Radio sieht es hier nicht aus. An den in U-Form angeordneten Tischen sitzen etwa zwölf Schüler – mehr, als ich erwartet hatte. Fast alles Jungs. Es scheint, als ob sie allesamt aus höheren Klassen kommen. Gesehen habe ich die meisten schon mal, kenne aber kaum einen Namen.

Noch einmal schwingt die Tür des Klassenzimmers auf, und ein blondes Mädchen schwebt herein. Die kenne ich sehr wohl. Linda aus der Zehnten. Was macht die denn hier? Wie immer ist sie perfekt gestylt in ihrem engen orangefarbenen Kleid und den beigen Schuhen mit Keilabsatz. Sie wohnt in meiner Straße, kennt mich aber nicht. So sind ältere Schüler wohl. Ich hingegen weiß ziemlich gut über sie Bescheid. Schließlich ist sie mit Ole zusammen, Lennerts bestem Freund.

»Ach, wie nett. Noch mehr weibliche Unterstützung, das freut mich!« Herr Hübner strahlt Linda an.

Die lässt ihren Blick durch die Runde schweifen, klimpert mit ihren schwarz getuschten Wimpern, lächelt majestätisch und setzt sich schließlich zu einem Mädchen am Ende des Raums. Das ist ihre beste Freundin Ellen. Die beiden beginnen sofort zu tuscheln.

»So, dann fangen wir am besten noch einmal von vorne an. Stellt euch bitte kurz vor, damit wir wissen, mit wem wir es zu tun haben«, schlägt Herr Hübner nun vor und deutet auf den Jungen, der mir gegenüber sitzt und ein T-Shirt trägt, auf dem Albert Einstein die Zunge rausstreckt. Er heißt Henri und geht in die elfte Klasse. Auch Konstantin daneben ist Schüler der Elften. Er trägt ein Shirt mit dem Logo eines Computerspiels. Die beiden scheinen befreundet zu sein, und ich ahne, was sie in ihrer Freizeit am liebsten tun.

Danach ist Linda an der Reihe. Sie wirft ihr Haar über die Schulter, reckt ihr Kinn und sagt: »Also, ich bin Linda, und mein Vater arbeitet beim Fernsehen. Daher kenne ich mich mit Journalismus auch total gut aus. Klar, dass ich euch hier mit meinem Wissen unterstützen werde, auch wenn Radio natürlich bei Weitem nicht so cool ist wie Fernsehen.«

Herr Hübner nickt anerkennend. »Für welchen Sender arbeitet dein Vater denn?«

»Er ist Redaktionsleiter bei *De Rossi kocht!*« Sie hebt ihren Notizblock in die Höhe, auf dessen Deckblatt das Logo des Senders zu erkennen ist.

Herr Hübner macht sich eine Notiz in sein Heft und bittet nun Ellen, sich vorzustellen. Anschließend sind da noch einige Schüler aus der Zehnten. Ich bin hier offenbar wirklich die Jüngste. Nachdem sich ein Junge namens Arne vorgestellt hat, bin ich an der Reihe. Als Letzte.

Ich nehme all meinen Mut zusammen, um zu beichten, dass ich eigentlich unerlaubterweise hier bin: »Also, ähm, ich bin Stella, und ich … tja, ich gehe eigentlich erst in die Achte.« Unsicher schaue ich mich um. Als keiner was sagt, rede ich schnell weiter: »Meine Tante ist Journalistin, und das interessiert mich einfach, deshalb dachte ich, ich komme trotzdem vorbei.« Ob Herr Hübner mich jetzt wieder wegschickt?

Der winkt ab. »Kein Problem, so eng sehen wir das hier nicht.«

Ich atme auf. Da habe ich mir wohl viel zu viel Stress gemacht.

Die nächste Viertelstunde hält Herr Hübner einen Vortrag über die Erfindung des Radios. Es fallen Wörter wie Elektromagnetismus, Oszillator und Amplitude, und ich fühle mich wie im Physikunterricht, wo ich auch kein Wort verstehe. Konstantin und Henri hingegen nicken immer wieder wissend und schreiben eifrig mit. In den darauffolgenden zwanzig Minuten widmet sich Herr Hübner der Geschichte des Hörfunks. Dann klingelt es. Das war also die erste Sitzung des Schulradios. Irgendwie hatte ich mir die AG anders vorgestellt.

Betreten blickt Herr Hübner in die Runde. »Oh, da habe ich mich wohl etwas verzettelt. Ist aber auch ein spannendes Thema. Eigentlich stand für heute noch viel mehr auf dem Programm. Wir sollten über eine Doppelstunde nachdenken.« Er sieht auf seinen Zettel und fährt sich nachdenklich über seine kurz rasierten Haare. »Tja, dann machen wir das beim nächsten Mal. Macht euch bis dahin doch schon mal Gedanken, welche Inhalte und Themen wir beim Schulradio behandeln wollen und wie wir uns aufteilen. Wir brauchen eine journalistische Redaktion und eine Musikredaktion. Und einen CvD, einen Chef vom Dienst.«

Lindas Arm schnellt in die Luft, sodass ihr Armband mit den vielen kleinen Anhängern klimpert. »Ähm …«

»Oder natürlich eine Chefin vom Dienst«, fährt Herr Hübner lächelnd fort, und Lindas Arm senkt sich wieder. »Überlegt euch, wo eure Stärken liegen. Tja, und dann sehen wir uns nächsten Montag wieder.«

Ein Blick in die Gesichter der anderen verrät mir, dass die meisten ebenso enttäuscht sind wie ich. Nur Konstantin und Henri stürmen zu Herrn Hübner und diskutieren mit ihm über Schwingungsfrequenzen. Ich habe schon wieder vergessen, was das ist. Rasch packe ich meine Tasche und laufe die Treppe hinunter. Ellen und Linda sind direkt vor mir.

»Ich weiß nicht, ob ich mir das noch mal antue«, mosert Ellen.

»Musst du wissen«, antwortet Linda gleichgültig und zupft ihre Frisur zurecht. »Ich bin auf alle Fälle dabei.«

»Ja, aber das war doch sterbenslangweilig«, mault Ellen. »Und die Jungs sind ja wohl unterirdisch.«

Linda stößt die Tür zum Hof auf, und die beiden Mädchen schlüpfen hindurch. Die Tür schwingt mit voller Wucht zurück, und ich habe Mühe, sie aufzuhalten. Lindas Antwort habe ich nicht mehr gehört, dafür sehe ich nun, wie sie zu den Bänken vor der Turnhalle schlendert. Dort sitzt Lennert. *LENNERT!*

Mein Herz schlägt Purzelbäume. Er sieht heute wieder umwerfend aus. Seine lässig gestylten Haare, die goldbraun in der Sonne schimmern. Die blauen Augen und das Shirt … ist das neu? Ich glaube, ich habe es noch nie gesehen. Er hält eine Coladose in der Hand, als würde er dafür Werbung machen. Jetzt zieht ein Lächeln über sein Gesicht. Selbst auf die Entfernung glaube ich erkennen zu können, dass seine Augen glitzern.

Ich schmelze dahin. Wieder einmal spielt sich in meinem Kopf eine Szene aus dem letzten Schuljahr ab: Kurz nach Ostern fuhr ich mit meinem Fahrrad vom Schulhof, als der Lkw, der unsere Cafeteria beliefert, auf das Gelände einbog. Ich war in Gedanken und der Lkw-Fahrer offenbar auch. Hätte Lennert mich nicht in letzter Sekunde zur Seite gezogen, hätte ich wohl den Kühler des Lasters geküsst. Danach habe ich wie verrückt gezittert, und Lennert hat versucht, mich zu beruhigen, und mir den Rücken gestreichelt. Dadurch habe ich allerdings nur noch mehr gezittert und bin in seinen Augen versunken wie ein Felsbrocken in einem See. Den Beinahe-Unfall und die damit verbundene Gefahr habe ich sofort vergessen – ich musste Lennert einfach die ganze Zeit nur anstarren.

Seufzend blicke ich wieder zu den Bänken hinüber. Lennert klatscht gerade mit Ole ab, dem Linda schwungvoll in die Arme fliegt. Das ist sie, die beliebteste Clique der Schule rund um die Jungs unserer Schulband. Ich senke den Kopf und husche zu meinem Fahrrad.

04

»**HEY, STELLA,** wie war's beim Schulradio? Haben sie dich gleich wieder rausgeworfen?«, fragt Emily, als wir abends telefonieren. Sie hustet laut.

»Nein, zum Glück nicht. Aber es war echt öde. Herr Hübner hat die ganze Zeit Monologe gehalten. Mit Schulradio hatte das nicht sonderlich viel zu tun.« Ich sitze an meinem Schreibtisch und kritzele *LENNERT* auf meinen Notizblock.

»Klingt nicht so toll. Aber das wird bestimmt noch.« Meine beste Freundin ist wirklich Meisterin im positiven Denken. »Du gehst doch nächste Woche wieder hin, oder?«

»Mal sehen«, antworte ich unschlüssig, nehme mir einen roten Filzstift und male das Innere der Buchstaben sorgfältig aus. »Ach, weißt du, wer auch da war?«

»Hm. Vielleicht Mara? Nein, das wüsste ich. Bestimmt die schreckliche Aylin«, krächzt es aus dem Hörer.

»Ganz falsch. Linda!«

»Ach was. Ole und Lennert auch?«

»Leider nicht!« Seufzend setze ich ein dickes Herz neben seinen Namen.

»Schade. Das wäre super gewesen.«

»Ja, vielleicht würde er dann endlich mal mit mir reden.« Nach der Rettung vor meinem Beinahe-Unfall hat Lennert mich nämlich die ersten Tage noch gegrüßt, aber das hat ganz schnell wieder aufgehört, und jetzt … ist da gar nichts mehr!

»Dann musst du eben mal was unternehmen«, schlägt Emily vor.

Ich betrachte mein Gekritzel und lasse es dann in meiner untersten Schreibtischschublade verschwinden, die überquillt vor Lennert-Zeichnungen, Fotos und Bandplakaten. »Und was, bitte? Soll ich mich noch mal vor einen Lkw schmeißen?«

»Du musst ihn halt endlich mal ansprechen«, sagt Emily, und als ich schon nach Luft schnappe, fährt sie schnell fort: »Schon gut. Ich weiß, das hatten wir schon hundert Mal.« Sie seufzt. »Aber wer weiß. Jetzt, wo du mit der Freundin seines besten Freundes beim Schulradio arbeitest …« Sie macht eine vielsagende Pause.

»Hm?«, mache ich.

»Na, vielleicht musst du in der Hofpause mal was mit Linda besprechen. Oder ihr geht nachmittags in ein Café, um einen Beitrag fürs Radio zu planen. Was weiß ich.« Obwohl ich Emilys Stimme nur am Telefon höre, weiß ich genau, wie ihre Augen blitzen, als sie das sagt. Sie hat bestimmt wieder ihr verschwörerisches Lächeln aufgesetzt, bei dem ihr Mund immer ein klitzekleines bisschen schief wird.

»Du meinst, ich soll mich mit Linda anfreunden, um an Lennert ranzukommen? Ich weiß nicht. Falls es dir noch nicht aufgefallen ist: Linda und ich sind nicht gerade auf einer Wellenlänge.« Auch wenn ich mir nichts Tolleres vorstellen kann, als mit Lennert Zeit zu verbringen, finde ich die

Vorstellung, mich mit Linda anzufreunden, wirklich merkwürdig. Sie wirkt so oberflächlich, und das Einzige, was sie liest, sind vermutlich Modemagazine. Und ihre Schulbücher – sie ist nämlich wahnsinnig gut in der Schule. Das glaube ich zumindest, denn sie gibt Nachhilfestunden und ist eine unserer drei Schulsprecherinnen. Eine echte Überfliegerin also.

»Das mag sein«, unterbricht Emily meine Gedankengänge. »Aber vielleicht wäre es eine Chance, an Lennert ranzukommen. Ansonsten wird die Cafeteria morgen wieder beliefert.« Sie lacht.

»Sehr witzig«, murmele ich.

»Du, ich muss auflegen. Muss noch mal mit meiner Mutter reden. Wir sind bei den neuen Nachbarn zum Grillen eingeladen, aber ich darf nicht mit.«

Wissend ziehe ich die Augenbrauen hoch. »Sind das die mit dem netten Sohn?«

»Ja, Max!«, flötet Emily.

»Ich dachte, du bist krank.«

»Jetzt klingst du schon wie meine Mutter! Ich will wenigstens kurz mit. Morgen muss ich ja schließlich auch wieder in die Schule.«

Ein Glück, denke ich und wünsche Emily einen schönen Abend.

05

MEINE ELTERN sitzen schon am Küchentisch und bereiten das Abendessen vor. Papa schält Kartoffeln, Mama mariniert einen Fisch.

»Na, wie war's heute?«, fragt Papa. »Heute war doch dein erster Tag als Radioreporterin, oder?«

Ich schiebe mich neben ihn auf die Küchenbank und seufze laut. »Tja, heute ist da noch nicht viel passiert. Der Lehrer hat nur langweiliges Zeug geredet.«

Mama dreht sich zu mir um und wedelt mit ihrem Messer in der Luft herum. »Ach, das wird schon noch. Ich bin jedenfalls sehr gespannt, was ihr da auf die Beine stellt. Wann läuft denn die erste Sendung?«

»Nicht mal das hat er gesagt.« Ich lasse die Schultern hängen und drehe die gläserne Obstschale, die wir letztes Jahr in Schweden gekauft haben, im Kreis.

»Lass dir bloß nicht die Laune verderben. Wart erst mal ab«, meint Mama und erzählt nun zum hundertsten Mal von ihrem Praktikum in einem Buchladen, das sie vor vielen Jahren gemacht hat und das so langweilig angefangen hat, dass sie am liebsten nach einem Tag nicht mehr hingegangen wäre.

Doch sie hat sich durchgebissen, tolle Leute kennengelernt, und am Ende war es die beste Zeit ihres Lebens, ja, ja.

Um das Thema abzukürzen, frage ich Papa, ob er die Schallplatte ersteigern konnte, die er schon so lange sucht. Ich habe vergessen, welche das war, aber ein kleiner Stups reicht schon, um ihn ausschweifend von Auktionen, Plattenläden und Betrügern berichten zu lassen.

»Spielt ihr denn da auch Musik bei eurem Radio?«, fragt Papa irgendwann und fährt sich durch seine braunen Locken. Früher hat er Gitarre in einer Rockband gespielt, aber heute hat er keine Zeit mehr, um Musik zu machen. Eigentlich finde ich auch, dass er viel zu alt dafür ist. Mit seinen langen Haaren sieht er allerdings immer noch ein wenig wie ein Rockstar aus, auch wenn sie ihm nur noch bis zum Kinn gehen.

»Na, wenn Zeit ist, dann schon«, antworte ich träge.

»Wisst ihr denn schon, worüber ihr berichten wollt?« Mama schiebt das Kartoffelgratin in den Ofen.

»Wir sollen uns bis zum nächsten Mal was überlegen. Ich habe aber noch keine Idee.«

»Macht doch ein Porträt über einen Musiker«, schlägt Papa vor. Ich muss lachen.

»Wie wäre es denn mit einem aktuellen Thema wie der Flüchtlingskrise?«, schlägt Mama vor. Ihre Schwester Juliane ist gerade in einem afrikanischen Land und berichtet dort über den Bürgerkrieg. Klar, dass Mama mit einem politischen Thema kommt. Dennoch ziehe ich einen Notizblock aus der Küchentischschublade und schreibe mit.

»Tierquälerei, Hungersnöte.« Mama ist nicht mehr zu bremsen.

»Aber die Sendung soll doch auch Spaß machen, oder?«, fällt Papa ihr ins Wort. »Wie wär's, wenn du eine Reportage über *David Bowie* machst? Er ist ja erst kürzlich gestorben. Ich leihe dir auch gern meine Schallplatten.«

Meinem Vater habe ich die Vorliebe für 70er-Jahre-Musik zu verdanken. *Led Zeppelin*, *Santana* und *Queen* – das sind Bands, die ich großartig finde. Wir haben eine coole Plattensammlung zu Hause. Also, echte Vinylplatten, nicht etwa CDs oder abgespeicherte MP3s auf dem Smartphone. Das Problem ist nur, dass die auf der Schule bestimmt keiner hören will. Die Schülerschaft des Leibniz-Gymnasiums lässt sich lieber von *Lady Gaga* und *David Guetta* beschallen. Ob die *David Bowie* überhaupt kennen?

Ich schreibe es trotzdem auf und noch viele andere Ideen, die wir während des Abendessens haben. Mama und Papa sind wirklich toll. Sie haben sich damals in der Schule kennengelernt. Allerdings haben die beiden sich auf Anhieb ineinander verliebt, ganz im Gegensatz zu Lennert und mir. Es ist einfach kein Rankommen an ihn!

Neulich war ich mit Emily in der Eisdiele. Da hingen auch Linda, Ole und natürlich Lennert mit ein paar Leuten herum, würdigten uns zwei Mädels aus der Achten aber keines Blickes. Warum auch? Die Clique spielt eben in einer anderen Liga. Linda ist superhübsch, und die Jungs sind in der Schulband, die letztes Jahr sogar den zweiten Platz beim Schülerband-Contest von Schleswig-Holstein belegt hat.

Next Door ist aber keine langweilige Combo, die nur Lieder covert. Nein, die schreiben alle Songs selbst und sind wahnsinnig gut. Ich bin großer Fan, ist ja wohl logisch. Und seit dem Beinahe-Unfall erst recht, denn seit diesem Tag geht mir Lennert einfach nicht mehr aus dem Kopf. Klar habe ich danach versucht, ihn anzusprechen, aber das ist gar nicht so einfach bei einem so beliebten Jungen. In den Hofpausen standen Emily und ich ganz oft neben seiner Clique. Leider unbemerkt.

Bei den Projekttagen haben wir sogar extra die Exkursion zur Brauerei belegt, die uns thematisch null interessiert hat, aber teilnehmermäßig dafür umso mehr, weil eben Lennert dabei war. Im Bus habe ich hinter ihm gesessen, und bei der Führung vorbei an Sudpfannen und Gärtanks bin ich fast die ganze Zeit neben ihm gelaufen. So nah, dass sich einmal unsere Arme berührt haben. Rein zufällig natürlich, aber ich habe trotzdem eine Gänsehaut bekommen. Leider haben wir nicht miteinander geredet, aber er hat ganz süß gelächelt und mir den Vortritt gelassen. »Bitte, Fahrradmädchen«, hat er gesagt, und ich habe nur blöd gegrinst. Immerhin schien er noch zu wissen, wer ich bin. Also habe ich ihn in der Woche danach auf dem Schulhof gegrüßt, aber er hat nicht zurückgegrüßt. Ich glaube, er hat mich nicht einmal gesehen.

Wirklich erfolgreich waren meine kläglichen Annäherungsversuche also noch nicht. Ein weiteres Problem ist, dass er eine Weile mit Vanessa aus der Neunten zusammen war. Und ab und zu stehen Mädchen vor der Schule und warten auf ihn. Tja, er ist leider sehr beliebt. Die Konkurrenz ist groß.

06

IN RAUM 213 sind wesentlich weniger Leute als letzten Montag. Allerdings bin ich diesmal auch überpünktlich. Die anderen kommen vielleicht noch. Wieder setze ich mich auf den Stuhl gleich neben der Tür und blicke vorsichtig in die Runde. Konstantin und Henri bauen gerade irgendein technisches Zeug auf. Ein dunkelblondes Mädchen und ein großer Junge mit lockigem Haar und Basketballoutfit aus der Zehnten unterhalten sich über einen Kinofilm. Die Namen der beiden habe ich vergessen. Diesen Arne kann ich nicht entdecken, dabei habe ich ihn vorhin auf dem Hof gesehen. Gerade wundere ich mich, dass auch Linda und Ellen nicht erschienen sind, da öffnet sich die Tür, und Herr Hübner betritt den Raum. Hinter ihm und in bester Plapperlaune: Linda!

»Mit meinem Vater habe ich das schon geklärt. Der hat nichts dagegen, dass wir eine kurze Reportage machen. Donnerstags wird immer die Kochsendung im Studio aufgezeichnet.« Sie schaut Herrn Hübner mit großen Augen an.

Lächelt stellt er seinen Rucksack auf das Pult. »Das klingt gut und wäre genau das Richtige für unsere Probesendung! Aber setz dich erst mal. Wir besprechen das in der Runde.«

Linda sucht sich einen Platz, und Herr Hübner begrüßt uns. Auch ihm entgeht nicht, dass der Andrang deutlich nachgelassen hat, doch das tut seiner guten Laune keinen Abbruch. »Wisst ihr, ob noch jemand kommt?«

»Also, Ellen schafft es zeitlich leider nicht mehr«, flötet Linda.

Ich muss an das Gespräch im Treppenhaus letzte Woche denken und bin mir nicht sicher, ob der Grund für ihr Fehlen tatsächlich Zeitnot ist.

»Benno macht auch nicht mehr mit«, sagt der Junge, dessen Namen ich vergessen habe.

Herr Hübner nickt. »Okay. Da wir von den anderen nichts wissen, gehen wir davon aus, dass ihr die Redaktion des neuen Schulradios seid. Bitte teilt mir noch mal kurz eure Namen mit und auch, ob ihr euch eher in der Redaktion oder im Bereich Technik und Musik seht.«

Konstantin und Henri wollen zur Technik und Musik. Das überrascht mich nicht, und ich muss schmunzeln, als ich auf Henris Tisch ein Buch von diesem Physiker Stephen Hawking entdecke. Papa liest das auch, allerdings seit Jahren. Er kommt da nicht so recht voran.

Der Junge, dessen Namen ich vergessen hatte, heißt Felix und will in die Redaktion. Linda natürlich auch. Dann ist da noch Sophie, die ebenfalls in die Redaktion möchte. Genauso wie ich.

»Das passt doch. Zwei für die Technik und Musik, vier für die Redaktion. Sehr gut«, stellt Herr Hübner erfreut fest. »Also, wir wollen ein Schulradio auf die Beine stellen. Wenn alles klappt, können wir sogar über das Jubiläum berichten!«

Das Leibniz-Gymnasium wird in ein paar Wochen hundert Jahre alt, deshalb findet bald eine große Party mit Flohmarkt, Essensständen und mehreren Aufführungen statt. Ich bin dem Kuchenverkauf zugeteilt – wie aufregend …

Felix meldet sich. »Bis wann muss die erste Sendung denn stehen?«

»Nun, das liegt an uns. Je nachdem, was wir planen, könnten wir den Testballon bereits in zwei oder drei Wochen steigen lassen. Wir senden natürlich nicht live, sondern zeichnen die Sendung vorher auf. Das macht alles etwas einfacher. Die Sendung wird auch nur fünfzehn Minuten dauern, also eine Hofpause lang. Ich werde auch mit der Internet-AG sprechen, dass sie die Sendung dann als Podcast auf die Schulhomepage stellt.«

Felix legt den Kopf schief und fragt total cool: »Sollten wir dann nicht so schnell wie möglich mit der Planung beginnen?«

»Ja, also … ich wollte eigentlich noch kurz über die erste Radiosendung …« Herr Hübner blickt auf seine Karteikarten und rafft sie hektisch zusammen. »Gut. Teilen wir uns auf. Die Redaktion kann ja mal zusammentragen, welche Themen wir behandeln wollen, und mit der Technik bespreche ich währenddessen … nun … die Technik.« Wieder lacht er wie ein Pferd. Henri und Konstantin stimmen mit ein. Ich fahre mit meinem Fingernagel ein paar Rillen auf dem Tisch entlang, die da jemand reingekratzt hat.

Als die Ersten mit den Stühlen scharren, erhebe auch ich mich und setze mich zu den anderen drei frischgebackenen Redakteuren. Ich hole meinen Zettel mit den Ideen hervor, aber Linda ist schneller als ich.

»Ich hab's Herrn Hübner eben schon erzählt.« Sie streicht sich die langen blonden Haare zurück. »Wir können eine Reportage bei meinem Vater in der Fernsehredaktion aufnehmen. Am Donnerstag wird *De Rossi kocht!* aufgezeichnet, und vielleicht gibt uns Celina de Rossi ein paar O-Töne.« Beifall heischend sieht sie uns an.

Ich weiß nicht genau, was O-Töne sind, will aber auch nicht fragen. Schließlich möchte ich nicht doof dastehen. Vermutlich will uns Frau de Rossi ein Interview geben.

Felix nickt anerkennend und schiebt sein Cap zurecht. »Klingt super, echt. Ich habe mir Folgendes überlegt: Die Basketballmannschaft hat am Wochenende ein wichtiges Spiel. Darüber könnten wir berichten. Ein bisschen unser Team unterstützen.«

Ja, das Thema passt zu ihm.

»Gute Idee«, meint Linda. »Es wäre doch super, wenn jeder von uns einen Beitrag für die Sendung macht. Mal sehen, ob wir das hinkriegen.«

Nun schaltet sich Sophie ein, die sich mit ihrer Jutetasche, einem Sesamriegel und ihrem Block aus umweltfreundlichem, chlorfrei gebleichtem Papier auf dem Tisch breitgemacht hat. »Ich dachte, wir könnten in jeder Sendung kurze Lehrerporträts bringen. Fünf Fragen an …«

Mir entfährt ein Seufzen. Da bin ich mit meinen Themen wohl auf dem falschen Dampfer. Während die anderen drei sich Ideen an den Kopf werfen, beschließe ich, besser den Mund zu halten.

Irgendwann schaut mich Linda an. »Hast du denn gar keinen Vorschlag?«

Schnell falte ich meinen Zettel zusammen und lasse ihn unter dem Tisch verschwinden. »Ich glaube, meine Themen passen nicht so richtig.«

Ihr Blick durchbohrt mich, und ich fühle mich unbehaglich.

»Vielleicht was über den Klimawandel …«, versuche ich es zögerlich.

Lindas Augen weiten sich vor Entsetzen. »Du meine Güte! Lernen tun wir im Unterricht schon genug. Nein, ich finde, wir sollten über Sachen berichten, die Schüler wirklich interessieren!«

»Tja … das mit dem Basketball … das finde ich gut. Daran hatte ich auch gedacht«, schwindele ich. Ja, klar. Als hätte ausgerechnet ich Interesse an einem Basketball-Beitrag! Linda seufzt lautstark, und ich halte wieder meinen Mund und höre den anderen zu.

Anschließend besprechen wir mit Herrn Hübner die Ergebnisse, und er ist begeistert von unseren Ideen. Schließlich bittet er uns, die Themen für die erste Sendung unter uns aufzuteilen, sodass wir mit der Recherche anfangen können. Linda übernimmt natürlich den Beitrag über die Fernsehredaktion, Felix den Basketball-Beitrag, und Sophie denkt sich Lehrerfragen aus. Zu blöd, dass ich nichts Passendes beitragen konnte.

»Was machen wir denn mit dir?«, fragt Herr Hübner. »Kennst du dich mit Basketball aus?«

Ich denke noch mal an meinen Unfall in der dritten Klasse und schüttele den Kopf. »Vielleicht könnte ich auch ein Lehrerinterview machen?«

»Hm.« Herr Hübner kratzt sich mit dem Stift am Hinterkopf. »Zwei Lehrerinterviews wären zu viel für eine Sendung. Kochst du gerne?«

Langsam ziehe ich die Schultern hoch. »Ja, na ja …« Eigentlich habe ich keine Ahnung vom Kochen, aber Herr Hübner strahlt schon übers ganze Gesicht.

»Dann könntest du doch Linda bei ihrem Beitrag helfen!«

Ich nicke zaghaft und sehe, dass Linda ihren Mund verzieht. Minimal nur, aber es entgeht mir nicht. Es passt ihr sicherlich nicht, dass sich jemand anderes in ihren Superbeitrag reindrängelt.

Doch Herr Hübner nickt zufrieden und bittet uns, nächste Woche einen Namen fürs Schulradio vorzuschlagen. Außerdem sollen wir uns überlegen, wen wir als CvD sehen. An dieser Stelle schnellt wieder Lindas Arm in die Höhe, doch Herr Hübner spricht einfach weiter.

Klar, dass Linda die Chefin vom Dienst sein will. Bestimmt möchte sie auch die Moderatorin sein. Und dann noch einen YouTube-Kanal gründen. Sie ist einfach eins dieser typischen Überfliegermädchen, die immer und überall mitmischen und bei allen Menschen wahnsinnig beliebt sind.

07

»WAS FÜR EINE CHANCE!«, ruft Emily begeistert.

Wir haben es uns auf meinem Bett gemütlich gemacht, jede mit einem Kissen im Rücken. Zwischen uns steht ein Tablett mit Kirschkuchen, den Mama gebacken hat.

»Was ist denn das bitte schön für eine Chance? Es ist Lindas Interview mit Lindas Vater. Und gestellt werden … Achtung: Lindas Fragen. Für mich ist da kein Platz«, schnaube ich.

»Aber du kannst dir doch auch Fragen überlegen. Davon mal abgesehen, meinte ich nicht den Beitrag, sondern Lennert! Immerhin verbringst du den gesamten Nachmittag mit der Freundin seines besten Freundes.« Verschwörerisch lächelt sie mir zu.

Ich schüttele den Kopf. »Du glaubst doch nicht ernsthaft, dass eine Linda Beck Interesse an einer Achtklässlerin hat.«

»Hm. Na, ihr müsst ja nicht gleich BFF werden, aber vielleicht ein bisschen.« Emily schneidet sich noch ein Stück vom Kuchen ab. Ich glaube, es ist ihr drittes. Keine Ahnung, wie sie dabei so schlank bleiben kann.

»Du weißt selbst, dass zwischen Linda und mir Welten liegen!« Ich rühre in meiner Teetasse und widerstehe der Versuchung, mir auch noch ein Kuchenstück zu nehmen.

Genüsslich beißt Emily in ihren Kuchen. »Versusch's doch wenigstensch«, nuschelt sie. »Vielleicht kannst du dir von ihr auch ... na ja ... was abgucken.«

»Was denn, bitte schön?«

Emily zuckt mit den Schultern. »Worauf die Jungs in der Clique so stehen, was sie an Mädchen gut finden.«

Ehrlich gesagt kann ich mir nicht vorstellen, dass Linda und ich uns gut verstehen werden. Trotzdem nicke ich.

»Wie war's denn mit Max?«, frage ich, um vom Thema abzulenken. Nachdem die beiden sich schon ein paarmal im Familienrahmen getroffen haben, waren sie gestern das erste Mal alleine unterwegs. In der Schule hatte Emily mir zwar schon ein wenig davon erzählt, aber sie kann ja stundenlang über Max reden.

»Also, wir waren um drei verabredet und sind erst mal ein wenig spazieren gegangen. Ich habe ihm die Gegend gezeigt, unsere alte Grundschule, den Jugendclub, die Eisdiele. Das hat ihm alles gut gefallen. Dann waren wir noch in der Fußgängerzone, was an einem Sonntag natürlich keinen großen Sinn macht, aber ein Café hatte auf, und da haben wir dann noch was getrunken.« Ihr Blick gleitet in die Ferne.

Nachdem sie ein paar Sekunden nur verträumt Löcher in die Luft gestarrt hat, tippe ich sie an. »Und dann?«

Emily stellt den leeren Teller auf meinen Nachttisch, zieht ihre Beine an und umfasst sie mit beiden Händen. »Ach, es war einfach toll. Er ist so nett und lustig. Ich hätte noch stundenlang mit ihm reden können.«

»Worüber habt ihr denn geredet?« Ich kann mir gar nicht vorstellen, mich mit einem Jungen so lange zu unterhalten. Worüber spricht man da?

»Über alles und nichts. Er hat mir von seiner Familie erzählt und von seinen Freunden, die er ganz schrecklich vermisst. Ich habe ihm von mir erzählt. Tja, die Zeit flog dahin, und irgendwann hat Mama angerufen und gefragt, wo ich bleibe, das Abendessen stünde schon auf dem Tisch.« Ihre Wangen färben sich leicht rosa.

»Und habt ihr …« Obwohl Emily und ich keine Geheimnisse voreinander haben, ist mir die Frage unangenehm.

»Uns geküsst, meinst du?« Sie zieht die Beine noch fester an sich heran und schüttelt den Kopf. »Nee! Wir sind ganz schnell nach Hause und hatten gar keine Zeit, uns richtig zu verabschieden. Aber im Café hat er immer so geschaut.«

»Wie denn?« Ich sammele ein paar Krümel auf, die auf meiner Tagesdecke gelandet sind.

Emily versucht, Max' Blick zu imitieren, und sieht mich an wie ein verliebtes Reh. Wenn ich mir vorstelle, dass Lennert mich so ansehen würde … nun, ich weiß nicht, ob ich nicht laut loslachen müsste.

»Ich bin richtig verliebt, weißt du.« Emily legt den Kopf schief.

Ich lache auf. »Ja, das merkt man. Aber macht dir der Gedanke an einen Kuss nicht irgendwie Angst?«

Meine beste Freundin zuckt mit der Schulter. »Irgendwie nicht. Früher hatte ich auch Angst, mich zu blamieren, weißt du ja. Aber jetzt wünsche ich mir so sehr, dass Max mich küsst, dass die Angst beinahe weg ist.«

»Hm«, mache ich. Das kann ich mir kaum vorstellen.

»Vielleicht, weil ich Max schon ganz gut kenne. Außerdem hatte er auch noch keine Freundin. Ist also ähnlich unerfahren wie ich.«

»Na, das kann man von Lennert nun nicht gerade behaupten.« Ich ziehe eine Schnute und überlege, wie viele Mädchen er wohl schon geküsst hat. Bestimmt zehn. Oder mehr. Das sind natürlich nicht die besten Voraussetzungen.

Beruhigend tätschelt Emily mir die Schulter. »Keine Sorge, wenn es zwischen euch passt, kommt das ganz von allein. Aber dafür solltest du endlich mal mit ihm reden. Und das gelingt vielleicht über Linda! Wirklich, das könnte so eine Chance sein.«

Ich nicke. »Ja, vielleicht hast du recht. Mal abwarten, wie sich das so entwickelt, ja?« Nun schnappe ich mir doch noch ein Stück Kuchen und beiße hinein. Klar, dass ich wieder auf einen Kirschkern beiße. Das passiert mir wirklich immer!

Dennoch beschließe ich, Linda etwas näher unter die Lupe zu nehmen. Vielleicht ist das ja wirklich eine Möglichkeit, Lennert kennenzulernen. Und vielleicht ist sie netter als gedacht.

08

UNSER STUDIO sieht richtig professionell aus! Der Raum ist zwar winzig, aber es gibt Computer und Mikrofone, ein Mischpult sowie zwei CD-Player. An der Wand hängt ein Whiteboard, darüber eine große Uhr. Wir wussten zwar, dass Herr Hübner mit Konstantin und Henri ein kleines Studio einrichten wollte, aber nun sind wir anderen vier überwältigt.

»Wir haben Glück, ein Bekannter von mir ist Veranstaltungstechniker und hat mir ein paar seiner ausrangierten Geräte vermacht«, erklärt Herr Hübner, als er unsere begeisterten Gesichter sieht. »Außerdem hat uns Henris Vater tüchtig unter die Arme gegriffen.« Er schließt einen klapprigen Schrank in der Ecke auf und holt zwei Aufnahmegeräte heraus. »Die sind für eure Interviews. Ich erkläre sie euch gleich noch. Wie sieht's aus, liebe Redaktion? Welcher Beitrag wird zuerst aufgenommen?«

Linda meldet sich. »Ich kann diesen Donnerstag zu meinem Vater ins Büro. Das ist alles schon geklärt. Er gibt uns ein Interview, und wenn wir Glück haben, dürfen wir kurz mit Celina reden.«

Celina de Rossi ist die erfolgreiche Fernsehköchin, die seit

Jahren jeden Sonntag im Fernsehen kocht und dazu auch noch umwerfend aussieht. Und sie ist eine echte Skandalnudel, sagt meine Mutter.

»Sehr gut. Stella begleitet dich, nicht wahr?« Herr Hübner sieht mich fragend an.

Überrascht reiße ich die Augen auf. »Ich wusste gar nicht, dass wir schon diesen Donners…«

Linda unterbricht mich. »Ich dachte, dass ich vielleicht doch besser alleine gehe. Celina kennt mich ja schon lange und …«

Herr Hübner wiegt den Kopf hin und her. »Mir wäre es schon wichtig, wenn jemand dabei ist. Teamwork ist in einer Redaktion extrem wichtig. Außerdem hat Stella ja keinen eigenen Beitrag. Sie kann dir sicher auch bei der Vorbereitung der Fragen helfen. Und später im Schnitt.«

Weil ich sehe, dass Linda damit so gar nicht einverstanden ist, sage ich: »Ich kann aber auch was anderes machen.«

»Nein.« Herr Hübner schüttelt den Kopf. »Bei unserer ersten Sendung müssen wir alles geben. Da sollten wir mit vereinten Kräften ans Werk gehen. Und zwei Leute sind bei so einem aufregenden Interview das Minimum.«

»Wenn's sein muss.« Gekünstelt lächelt Linda mich an, und das Blitzen in ihren Augen entgeht mir nicht.

»Prima!« Herr Hübner nickt zufrieden. »Dann haben wir zwei lange Beiträge – den übers Fernsehen und den über die Basketballmannschaft – und ein kurzes Lehrerinterview. Vielleicht bleibt auch noch Zeit für zwei Musikstücke, das hängt davon ab, wie lang die Moderation wird.«

Schnipsend meldet sich Linda. »Wir wollten doch heute über die CvD-Stelle sprechen. Ich dachte mir, dass ich –«

In dem Moment ertönt die Schulglocke. Mal wieder haben wir nicht alles geschafft, was auf Herrn Hübners Zettel stand. »Die CvD-Stelle besetzen wir, sobald die ersten Beiträge fertig sind. Bis dahin lernen wir uns alle noch etwas besser kennen. Aber wenn ihr noch ein paar Minuten habt, würde mich interessieren, ob ihr euch Gedanken wegen eines Namens gemacht habt.«

Es fallen Vorschläge wie *StHörfunk*, *Coole Welle*, *LeerFunk*, *Schulantenne* und *radio.now*. Ich schlage natürlich *Radio Ga Ga* vor, nach dem gleichnamigen Song von *Queen*.

»Ja, das ist lustig, und dann nehmen wir als Erkennungsmelodie einen Song von *Lady Gaga*«, meint Felix. »*Paparazzi* würde doch passen.« Er grinst breit.

»*Radio Ga Ga* hat eigentlich nichts mit *Lady Gaga* zu tun«, schaltet sich Herr Hübner ein. »Kennt ihr nicht den Song der Band *Queen*?« Die anderen sehen ihn fragend an. »Das Lied thematisiert die historische Bedeutung des Radios vor dem Aufkommen des Fernsehens. Im Text werden zwei wichtige Hörfunkereignisse aufgegriffen …«

Herr Hübner ist wieder voll in seinem Element. Da habe ich ihm ja eine schöne Vorlage geliefert. Aber ich bin auch ein bisschen stolz. Obwohl ich den Hintergrund des Songs nicht kannte, habe ich damit gepunktet. Zumindest bei Henri und Konstantin, die wieder interessiert mitschreiben, während Herr Hübner über Orson Welles und Winston Churchill redet, die irgendwie in *Radio Ga Ga* zitiert werden.

Linda dagegen scheint der Exkurs nicht zu gefallen. In der erstbesten Atempause von Herrn Hübner schlägt sie *Leibniz FM* vor. »Schließlich gehen wir aufs Leibniz-Gymnasium«, erklärt sie, als ob wir das nicht wüssten. »Das Wort *Gaga* ist doch irgendwie uncool und abgegriffen, findet ihr nicht? Aber Leibniz FM bleibt voll hängen.«

Die anderen nicken zustimmend. »Leibniz FM ist eine super Idee!«, »Ja, das passt!« und »Großartig!«. Sie überschlagen sich förmlich vor Begeisterung, und ich frage mich, ob es nur daran liegt, dass Linda das beliebteste Mädchen der Schule ist. Eins ist auf jeden Fall klar: Es gibt wohl kaum zwei Mädchen, die gegensätzlicher sind als Linda und ich.

Während ich noch grübele, fällt der Entschluss, unser Schulradio *Leibniz FM* zu nennen.

09

ES IST DONNERSTAG, und gleich nach Schulschluss bin ich mit Linda vor dem Lehrerzimmer verabredet. Herr Hübner möchte uns das Aufnahmegerät für das Interview geben.

»Du musst echt nicht mitkommen«, begrüßt sie mich von oben herab.

Ich versuche, mich nicht aus dem Konzept bringen zu lassen. Mein Plan für den heutigen Tag steht fest. »Ich möchte aber gerne dabei sein. Ich habe mir auch ein paar Fragen überlegt«, antworte ich und lächele so freundlich, wie es nur geht. Das kostet mich Überwindung, aber vielleicht hat Emily ja recht, und dieser Nachmittag bringt mich auf Umwegen Lennert näher. Und vielleicht kann ich doch mehr an dem Beitrag mitwirken als gedacht.

»So?«, fragt Linda und zieht eine Augenbraue hoch. »Du weißt aber schon, dass das mein Beitrag ist, oder?«

Noch bevor ich etwas entgegnen kann, schallt ein »Ah, da ist ja mein Redakteurinnen-Team« über den Flur. Beschwingt kommt Herr Hübner auf uns zu und schließt lächelnd die Tür zum Lehrerzimmer auf. Aus einem Regal nimmt er das

Aufnahmegerät samt Mikro und überreicht es uns. »Ihr habt euch gemerkt, wie das funktioniert, oder?«

Linda und ich nicken. Da ihre total schicke Handtasche zu klein für das Mikro ist, hält sie es mir wortlos hin, damit ich es in meiner Umhängetasche verstaue.

»Na, dann wünsche ich euch viel Erfolg! Am Montag hören wir in eure Interviews rein und schneiden mit Konstantin und Henri den Beitrag.« Er winkt, und wir beide ziehen ab.

Während wir in Richtung Schulhof laufen, mache ich noch schnell den Klamottencheck. Linda trägt ein Oversized-T-Shirt, das ihr über eine Schulter gerutscht ist, dazu bunt bedruckte Leggings und superschicke Glitzerschuhe mit Absatz. Die Haare hat sie zu einem Pferdeschwanz gebunden, und an ihren Ohren baumeln lange goldene Ohrringe, die ihr bis zu den Schultern reichen. Der Blick auf meine eigene Kleiderwahl ist dagegen eher ernüchternd. Ich trage ein langweiliges einfarbiges Shirt mit einem Kragen, der so eng ist, dass er nirgendwo herunterrutschen kann. Dazu eine ganz normale Jeans und abgewetzte Turnschuhe. Ich hatte heute früh einfach keine Zeit, mir mehr Mühe zu geben. Und ich bin auch nicht gerade eine Expertin in Sachen Style. Das muss sich ändern, beschließe ich und präge mir Lindas Outfit gut ein.

Kurz bevor wir den Ausgang erreicht haben, dreht Linda plötzlich ab. »Warte mal kurz«, ruft sie und lässt mich einfach stehen.

Irritiert schaue ich ihr hinterher und entdecke Ole in einer Gruppe von Jungs. Linda wirft sich ihm an den Hals, und er schlingt seine Arme um ihre Taille. Lachend zupft er ihr

Shirt zurecht, als sie sich zu Lennert umdreht. Die drei plaudern kurz, dann deutet sie mit dem Kopf in meine Richtung. Lennert und Ole sehen zu mir herüber. Ich merke, wie ich rot werde, und blicke schnell weg. Hoffentlich hält Lennert mich jetzt nicht für arrogant, weil ich ihn nicht gegrüßt habe. Unschlüssig trete ich auf der Stelle herum, bis Linda wieder neben mir steht.

»So, los geht's«, sagt sie und stiefelt mit wippendem Pferdeschwanz vom Schulgelände. Mir bleibt nichts anderes übrig, als die Enttäuschung von eben zu vergessen und ihr hinterherzudackeln.

»Bis zur Redaktion ist es nicht weit. Nur vier Stationen mit dem Bus«, erklärt sie, während wir zur Haltestelle laufen.

Die ersten zwei Stationen grübele ich, wie ich das Gespräch möglichst unverfänglich auf die Jungs lenken kann, mir will aber einfach nichts Schlaues einfallen. Und so frage ich schließlich: »Wie lange bist du eigentlich schon mit Ole zusammen?«

Linda runzelt die Stirn. »Vier Monate. Warum?«

»Ach, nur so«, winke ich ab. Das war wohl nicht der geschickteste Schachzug.

»Und du? Hast du einen Freund?«, will Linda nun wissen.

Oh Mann. Das ist nicht gut. Ich möchte ja, dass sie mich mag. Wenn sie mich allerdings für ein kleines Mädchen hält, das keine Ahnung von Jungs hat … »Na ja«, stammele ich. »Nicht so wirklich. Aber vielleicht bald.«

Fragend zieht Linda ihre fein säuberlich gezupften Augenbrauen zusammen.

»Na, ich habe da diesen Jungen kennengelernt … Max. Der

geht aber nicht auf unsere Schule. Ist neu in der Stadt. Er kommt aus … ähm … aus Bayern, ja.« Krampfhaft versuche ich, meine Gespräche mit Emily abzuspulen, aber mir fällt nichts mehr ein. Mensch, hätte ich ihr in den letzten Wochen doch besser zugehört.

»Aha, interessant«, sagt Linda wenig überzeugt und wühlt in ihrer Tasche.

»Ja, der ist total süß. Hat schwarze Haare und braune Augen.« Oder waren sie grün? Ich habe einfach alles vergessen.

»Du, ich muss mich noch auf das Interview vorbereiten«, sagt Linda, befördert ein pinkes Glitzernotizbuch zutage und steckt ihre Nase hinein.

Ein Glück, denke ich, aber gleichzeitig auch blöd, denn herausgefunden habe ich ja nun nichts. Und Freundinnen sind wir auch noch nicht geworden. Noch einmal betrachte ich Linda eingehend. Sie ist wirklich hübsch. Makellose Haut, eine süße Stupsnase, strahlend blaue Augen und glänzendes blondes Haar. Ich hingegen mit meinem wirren dunkelbraunen Lockenkopf, den braunen Augen und der eher breiten Nase bin da das genaue Gegenteil. Außerdem ist Linda riesengroß und gertenschlank. Schlank bin ich auch, aber eben viel kleiner. Gerade, als ich überlege, ob ich mir auch so große Ohrringe kaufen sollte, pikst mir Linda ihren Ellenbogen in die Seite. »Wir sind da.«

10

GANZ KLEIN FÜHLE ICH MICH angesichts des großen, modernen Bürogebäudes, das sich vor uns erhebt – die Fernsehredaktion. Linda öffnet jedoch selbstbewusst die schwere Tür und steuert zielstrebig auf den Empfangstresen zu. Die perfekt frisierte Dame, die dahinter sitzt, begrüßt sie herzlich: »Hallo, schön, dich zu sehen! Dein Vater erwartet euch schon.« Linda strahlt, und gemeinsam fahren wir mit dem gläsernen Fahrstuhl in den vierten Stock.

Als ich Herrn Beck, Lindas Vater, kennenlerne, weiß ich sofort, warum sie so hübsch ist, denn das liegt ihr einfach in den Genen. Auch das Foto, das auf seinem Schreibtisch steht, erweckt den Eindruck, als wäre die ganze Familie einem Hochglanzmagazin entsprungen. Komisch, dass ich die Eltern noch nie auf der Straße getroffen habe. Vielleicht arbeiten sie zu viel.

»Ach, da seid ihr ja. Herzlich willkommen!« Er umarmt Linda und schüttelt mir die Hand.

»Hallo, ich bin Stella«, sage ich viel zu leise, aber er lächelt breit.

»Freut mich. Kommt, setzt euch. Wir können gleich starten, wenn ihr bereit seid.«

Nett ist er auch noch, der Herr Beck. Während er mit Linda plaudert, lasse ich meinen Blick durch den Raum schweifen. Das Büro ist riesig, und ich frage mich, wozu Herr Beck so viel Platz braucht. Alleine sein Schreibtisch ist so groß, dass er kaum in unsere Küche passen würde. Natürlich steht darauf ein Flachbildschirm – sonst aber nicht viel.

Dann geht es los. Linda holt das Aufnahmegerät aus ihrer Tasche, und ich packe das Mikro aus. Kurz erklärt Herr Beck, dass er der Redaktionsleiter von *De Rossi kocht!* ist und was er alles machen muss. Als er fertig ist, stellt Linda ihre ersten Fragen: Wie viele Leute arbeiten in der Redaktion? Wie ist Celina de Rossi privat? Wer isst das in der Sendung gekochte Essen danach auf?

Herr Beck lehnt sich in seinem Ledersessel zurück, verschränkt die Arme hinter dem Kopf und antwortet locker und charmant. Alles läuft perfekt. Nur ich fühle mich überflüssig, denn ich mache nichts anderes, als das Mikro zu halten.

Nach etwa zehn Minuten hat Linda all ihre Fragen gestellt.

»Wolltest du jetzt noch was wissen?« Sie sieht mich mit einem Schmollmund an.

In der ganzen Aufregung habe ich vergessen, meinen Zettel hervorzuholen. Hastig ziehe ich ihn aus meiner Tasche, überfliege ihn und frage: »Wie wird man eigentlich Redaktionsleiter?« Ich habe Angst, dass meine Frage total blöd ist, denn alle außer mir wissen das natürlich.

Herr Beck nickt. »Gute Frage.« Ha!, denke ich mir. Er erzählt uns, dass man zum einen studieren kann – Germanistik, zum Beispiel – oder mit Praktika anfängt und sich dann über die Jahre hocharbeitet.

»Und wie wird man Fernsehköchin?«, hake ich nach, und jetzt erzählt er von Zufällen, Castings und Probesendungen. Ich bin zufrieden mit mir. Während Linda eher alltägliche Dinge gefragt hat, habe ich mich auf die Hintergründe gestürzt. Das lief doch schon mal ganz gut.

Das Interview mit Lindas Vater würde für den Beitrag sicherlich schon ausreichen, aber dennoch freuen wir uns, dass Celina de Rossi uns kurz in der Maske empfängt. Vielleicht kann ich ihr ja auch ein paar Fragen stellen.

Nachdem wir uns von Lindas Vater verabschiedet haben, fahren wir in den Keller, in dem sich die Studios befinden. Scheinbar ist Linda öfter im Sender, denn sie kennt sich hier aus und grüßt mehrere Leute, die uns über den Weg laufen.

Vorbei an den Studios, die leider verschlossen sind, geht's in die Maske – ein dunkler Raum mit großem Spiegel und hellen Lampen, die aber nur den Schminktisch erleuchten, auf dem ein Sammelsurium von Pinseln, Bürsten und Tiegelchen steht. Auf einem Drehstuhl sitzt mit Lockenwicklern im Haar Celina de Rossi, die ich ungeschminkt kaum erkenne. Meine Mutter schaut ihre Sendung regelmäßig. Sie kocht die Rezepte auch nach, aber irgendwie sieht das Essen bei ihr nie so gut aus wie im Fernsehen.

»Ah, Linda, schön, dass du mal wieder da bist.« Frau de Rossi erhebt sich und umarmt Linda. »Lass dich anschauen!« Sie mustert Linda von oben bis unten und nickt anerkennend. »Du wirst immer hübscher.« Nun wendet sie sich mir zu und beäugt mich freundlich. »Und du bist Lindas Freundin?«

»Ach«, Linda winkt ab, bevor ich etwas sagen kann, »das ist eine Mitschülerin. Die soll mir bei meinem Beitrag helfen.«

Ich schlucke, lasse mich aber nicht unterkriegen. »Na ja, das hat doch eben schon ganz gut geklappt, oder?«

Linda zieht ihren rechten Mundwinkel ein wenig hoch und nickt. Na also. Ich wühle in meiner Umhängetasche, in der ich das Mikro verstaut habe.

»Neuerdings arbeite ich nämlich für das Schulradio!«, plappert Linda munter weiter und reckt ihr Kinn in die Höhe.

Celina de Rossi tätschelt lächelnd ihre Wange. »Braves Mädchen. Ich habe schon davon gehört. Man kann nicht früh genug anfangen. Meinen ersten Job beim Fernsehen hatte ich mit vierzehn. Das war noch in Italien …«

»Dürfen wir das aufnehmen? Für den Beitrag?«, bittet Linda, und Frau de Rossi nickt beglückt.

Ich krame noch immer in meiner Tasche, denn irgendwo hat sich das blöde Kabel verheddert, und ich bekomme das Mikro einfach nicht heraus. Während ich die Tasche auf dem Boden abstelle, um das Chaos darin zu beheben, stoße ich an ein kleines Regal. Zahllose Lippenstifte und Nagellackfläschchen knallen erst auf meinen Rücken und dann lautstark auf den Boden. Und genau in diesem möchte ich sofort und unwiederbringlich versinken. Oder zumindest in dem Meer aus Nagellack ertrinken, das sich vor mir ergießt. Mit feuerrotem Gesicht schaue ich auf und sehe nur Lindas entsetztes Gesicht. Frau de Rossi steht mit weit geöffnetem Mund da.

»Tut … tut mir so leid!«, stammele ich. Warum muss ausgerechnet mir so was passieren?

Plötzlich fängt Frau de Rossi an, laut zu lachen. »Ach, Herzchen, alles in Ordnung? Keine Sorge, das wischt gleich jemand weg.« Sie kommt zu mir und hilft mir auf. Dabei wischt sie sich die Lachtränen aus dem Gesicht. »Ihr seid ja zwei Schätzchen. Kommt, ich gebe euch das Interview, und wenn dann noch Zeit ist, könnte unsere Visagistin Vera euch schminken. Habt ihr Lust?«

Lindas Augen weiten sich vor Vorfreude. Schlagartig bessert sich die Stimmung zwischen Linda und mir. Ich darf Frau de Rossi sogar ein paar Fragen stellen. Und als Vera uns hinterher schminkt, haben wir beide richtig viel Spaß zusammen.

Vera zupft Linda gerade die Lockenwickler aus den Haaren, als Herr Beck den Raum betritt. »Gut, dass ich euch zwei noch erwische«, sagt er und mustert uns lächelnd. Dann wedelt er mit einem Zettel in der Luft. »Habt ihr am Samstag schon etwas vor?« Ich schüttele den Kopf und blicke vorsichtig zu Linda, die ihren Vater mit großen Augen ansieht. »Ihr habt euch eine Belohnung verdient, weil ihr einen so tollen Job gemacht habt. *AMC Records* feiern am Wochenende ihr zehnjähriges Bestehen. Am Samstag veranstalten sie einen Brunch. Wollt ihr mitkommen?«

Begeistert nicke ich, immerhin ist *AMC Records* eine richtig große Plattenfirma – das weiß sogar ich. Linda springt vom Stuhl auf und fällt ihrem Vater um den Hals. »Oh, Papi, das ist toll! Darf Ole mit? Bitte, bitte!« Sie klimpert mit den Augen. »Vielleicht kann er jemandem von der Plattenfirma das Demoband von *Next Door* geben. Bitte, das wäre eine Riesenchance!«

Herr Beck lacht. »Ja, klar. Kein Problem.«

Ole ist nur der Schlagzeuger, schießt es mir durch den Kopf. Wäre es nicht viel wichtiger, wenn der Sänger … Und noch bevor ich es mir anders überlegen kann, spreche ich einfach aus, was ich denke: »Wäre es nicht gut, wenn auch Lennert mit dabei wäre?«

Ich möchte mir selber auf die Zunge beißen, weil das ganz schön dreist von mir ist. Außerdem befürchte ich, mich jetzt verraten zu haben, doch überraschenderweise findet Linda den Vorschlag auf Anhieb gut. »Ja, Lennert muss auch mit. Bitte, liebes Papilein!«

Herr Beck nickt ergeben. »Ich denke, das sollte klappen. Ich kümmere mich darum. Es geht um elf Uhr los, also sollten wir um halb elf losfahren. Ihr passt alle in unser Auto. Wir treffen uns vor unserem Haus, ja? Bis später beim Abendessen, Linda.« Damit löst er sich aus der Umarmung seiner Tochter und verlässt winkend den Raum.

»Wahnsinn!«, jubelt Linda. »Die Jungs werden ausflippen! Super, dass du vorgeschlagen hast, Lennert mitzunehmen.« Innerlich atme ich auf und spüre, wie die Vorfreude mich überrollt. In zwei Tagen bin ich auf der Party einer Plattenfirma. Mit Linda, Ole und Lennert. Ich fühle mich, als ob ich schwebe. Und weil Linda auch so gute Laune hat, wird die Rückfahrt richtig nett. Wir reden die ganze Zeit, lachen sogar, und irgendwie scheint es, als wäre das Eis zwischen uns gebrochen. Emilys Vorschlag, über Linda an Lennert ranzukommen, ließ sich einfacher ausführen als gedacht. Die wird staunen!

11

AM ABEND bin ich mit Emily zum Kino verabredet. Nachdem ich sie von zu Hause abgeholt habe, berichte ich ihr von meinem Tag.

»Mensch, Stella, das freut mich so sehr.« Wir quetschen uns zwischen zwei parkenden Autos durch und überqueren die Straße. Dann haben wir die Fußgängerzone erreicht, wo die Einkaufsmeile beginnt. Emily hakt sich bei mir ein. »Ich bin aber auch ein bisschen neidisch. Auf so einen Brunch hätte ich auch Lust.«

Ich nicke mitfühlend. »Ja, verstehe ich. Aber ich werde dir alles haarklein erzählen.«

»Wie lief es denn mit Linda?«, will sie nun wissen und schiebt mich an den ersten Geschäften vorbei.

»Erst war es ganz schön krampfig, aber es wurde immer besser. Am Ende hatten wir wirklich eine prima Zeit zusammen. Wie gefalle ich dir überhaupt so mit Make-up?«

Emily bleibt stehen und betrachtet mich eingehend. »Sehr gut. Fällt kaum auf, aber du siehst ein wenig frischer aus.«

»Danke, ich finde es auch ganz nett. Werde das jetzt aber nicht regelmäßig machen. Das ist mir viel zu aufwendig. Du, aber ich wollte noch mal schnell in den Laden da drüben. Für Samstag brauche ich dringend was zum Anziehen.« Ich deute auf ein Klamottengeschäft, das schräg gegenüber vom Kino liegt. Da der Film erst in einer halben Stunde losgeht, schleppe ich Emily noch schnell hinein. Linda kauft ihre Kleidung sicher nicht hier, sondern in irgendwelchen superteuren Boutiquen. Doch hier hängen ähnliche Shirts. Ich entdecke auch wild gemusterte Leggings sowie übergroße Ohrringe und Absatzschuhe und steuere mit einem großen Berg Klamotten die Umkleidekabine an.

»Irgendwie siehst du komisch aus«, meint Emily, als ich umgezogen bin und auf Absatzschuhen hinter dem Vorhang hervorstolpere.

Ratlos bleibe ich vor dem Spiegel stehen und frage mich, wieso manche Klamotten bei einigen Leuten phantastisch aussehen und bei anderen total unpassend. Denn ich komme mir vor wie ein Zirkuspferd, das einen Container der Altkleidersammlung geplündert hat. Die Hose ist viel zu lang und das Oberteil zu groß. Klar, soll ja oversized sein, aber mir geht der Ausschnitt beinahe bis zum Bauchnabel. Und die Ohrringe … albern, einfach albern.

»Bleib, wie du bist. Du bist eben der Jeans-und-T-Shirt-Typ, keine aufgetakelte Tussi«, rät mir Emily, als ich zurück in die Umkleidekabine wanke.

Als Erstes landen die blöden Schuhe in der Ecke, dann das Shirt. »Du hast gesagt, ich soll mir was von Linda abgucken. Bitte schön, da hast du's!« Über die Kabinentür werfe ich ihr einen bösen Blick zu.

Emily schüttelt den Kopf. »Aber doch nicht die Klamotten. Da hat doch jeder seinen eigenen Stil. Außerdem siehst du auch so toll aus.«

Nachdem ich wieder in meine eigenen Klamotten geschlüpft bin, fühle ich mich gleich viel wohler. Dann schnappe ich mir die lächerlichste Sonnenbrille, die größten und schwersten Ohrringe und einen albernen Sonnenhut. Ich setze alles auf, drehe eine Pirouette und sehe Emily triumphierend an. »So, wenn's auf Optik nicht ankommt, tata, hier ist die neue Stella!«

Emily bricht in schallendes Gelächter aus, und ich kann nicht anders, als einzustimmen. Ein Junge läuft an uns vorbei und grinst breit. »Coole Brille!«

»Komm, du Huhn!« Emily zieht mir den Hut vom Kopf. »Der Film fängt gleich an.«

Sorgfältig hänge ich die Brille wieder an den Haken und die Ohrringe daneben. Neben der Kasse entdecke ich allerdings noch ein cooles Shirt, das ich schnell bezahle.

»Hast du gesehen? Da war Lennerts Bruder«, flüstert Emily mir ins Ohr, als wir den Laden verlassen. »Nico. Der ist doch auch in der Band, oder?«

Ich nicke. Lennerts jüngerer Bruder ist der Bassist der Band, aber er bleibt immer im Hintergrund. Suchend drehe ich mich um. »War Lennert auch da?«

»Nee, Nico war alleine.«

»Schade«, sage ich seufzend, und dann gehen wir ins Kino, wo ich mir eine extragroße Tüte Popcorn bestelle.

Als ich am Freitag zur Schule laufe, bin ich richtig aufgeregt. Immerhin haben Linda und ich gestern einen ungeahnt netten Nachmittag zusammen verbracht. Und wir werden den

Tag morgen zusammen verbringen. Ob sie Ole und Lennert schon davon erzählt hat? Bestimmt! Der Besuch bei der Plattenfirma muss ja auch für die beiden total aufregend sein. Selbst Linda war gestern ganz aus dem Häuschen. Ob sie mich heute auf dem Hof grüßen wird?

In der ersten großen Pause sehe ich sie nicht. Aber in der zweiten Pause winkt sie mich zu sich heran. Leider ist sie allein.

»Alles klar für morgen?«, fragt Linda und fährt fort, ohne meine Antwort abzuwarten. »Wir treffen uns um halb elf vor unserem Haus. Goethestraße 19.«

Breit grinsend nicke ich. »Prima. Ich freu mich.« In dem Moment sehe ich, dass Ellen, Ole, Lennert und ein paar andere auf uns zusteuern. Um mein Gespräch mit Linda zu verlängern, frage ich: »Muss ich noch irgendwas mitbringen?«

»Nö.« Linda steht mit dem Rücken zu dem nahenden Trupp und sieht sie nicht kommen, sonst wäre sie vielleicht schon abgerauscht. Ich nutze die Gelegenheit und plappere einfach weiter: »Und was erwartet uns da? Weißt du das?«

Linda legt ihren Kopf schief. »Weiß ich auch nicht so genau. Ein Büfett wird aufgebaut sein, vermutlich treten ein paar Bands auf. Abends findet ein Konzert statt, dafür hat mein Vater allerdings nur eine Karte bekommen. Das ist ein total exklusives Event. Aber der Brunch wird sicher auch toll.«

Ole und Lennert haben uns erreicht. »Hey, Babe! Sprichst du von morgen?« Ole legt Linda von hinten den Arm um die Hüfte und schiebt sich neben sie.

Linda reißt vor Überraschung ihre Augen weit auf. »Hola, Chico!«

Ich muss mir das Grinsen verkneifen. Kosenamen sind doch irgendwie immer albern. Wobei ich nichts dagegen hätte, wenn Lennert mich *Babe* nennen würde. Ich schlucke und schaue ihn schüchtern an.

»Hey, Fahrradmädchen«, grüßt er mich. »Ich hab gehört, du kommst morgen mit?«

»Ich … ähm … ja, genau. Aber ich heiße eigentlich …«, stottere ich und ärgere mich sofort über mich selbst, weil ich keinen geraden Satz rausbekomme.

»Ja, Stella ist mit dabei«, fällt mir Linda ins Wort. »Mein Vater hat sie eingeladen.« War da eine Spur Herablassung in ihrer Stimme? Ich sehe, dass sie Ellen einen Blick zuwirft. Ob Linda sauer ist, dass sie ihre beste Freundin nicht mitnehmen kann?

Alle Augen ruhen auf mir. Schluck. Vermutlich versteht keiner so recht, wieso ausgerechnet ich dabei bin. Ich versuche, in ihren Gesichtern abzulesen, was sie denken. Finden sie es blöd? Oder gehöre ich dadurch schon ein wenig zu ihnen? Keiner sagt etwas. Und weil mir das alles langsam unangenehm wird, hebe ich die Hand zum Gruß und verabschiede mich. »Cool, dann bis morgen!«

Linda nickt mir zu und lächelt dabei sogar ein wenig. Ole hebt nur schwach die Hand. Sein Blick wandert zu den anderen Schülern, die sich auf dem Pausenhof tummeln. Irgendwie wirkt er abgelenkt. Doch Lennert zwinkert mir fröhlich zu, was in meinem Bauch sofort ein heftiges Kribbeln auslöst.

Mit wackeligen Knien gehe ich zu Emily zurück, die ein paar Meter weiter auf mich wartet und natürlich alles ganz genau beobachtet hat.

12

MEIN BAUCHKRIBBELN hört bis zum nächsten Tag nicht mehr auf. Das ist alles so verdammt aufregend! Während ich versuche, meine Haare zu einer halbwegs anständigen Frisur zu binden, schießen mir tausend Gedanken durch den Kopf. Wer weiß, was geschehen sein wird, wenn ich heute Abend wieder vor dem Spiegel stehe. Vielleicht hat sich meine Welt bis dahin komplett verändert. Könnte doch sein. Könnte sein, dass Lennert entdeckt, was für ein tolles Mädchen ich bin. Vielleicht tauschen wir Nummern aus. Oder – ich muss mehrmals tief durchatmen, um mein Herz davor zu bewahren, meinen Brustkorb zu zersprengen – womöglich küssen wir uns sogar. Ich male mir aus, wie eine Band, die bei *AMC Records* unter Vertrag ist, auftritt und einen echten Schmusesong spielt. Linda und Ole knutschen sowieso, weil es einfach so herrlich romantisch ist. Lennert steht genau hinter mir, und plötzlich, völlig unerwartet, haucht er mir ins Ohr: »Schön, oder?« Er ist ganz dicht neben mir, ich spüre seinen Atem auf meiner Haut. Und während ich nur stumm nicke, weil ich zu mehr nicht in der Lage bin, dreht Lennert mich ganz sanft zu sich herum und schaut mir tief in die Augen.

»Ich weiß schon lange, dass du meine Traumfrau bist. Schon damals neben den Gärtanks hätte ich es dir gestehen sollen.« Und dann küsst er mich …

Autsch! Die Bürste hat sich in meinem störrischen Haar verfangen! Mein Tagtraum zerplatzt wie eine Seifenblase. So ein Quatsch! Das ist natürlich völlig unrealistisch. Aber vielleicht lernen wir uns wenigstens etwas besser kennen.

Da sich meine Haare eh nicht bändigen lassen, mache ich mir einfach einen Pferdeschwanz, ziehe das neue Shirt an und bin eigentlich ganz zufrieden mit mir. Linda wird mich klamottentechnisch sowieso ausstechen, aber das ist mir jetzt egal.

Ein Blick auf die Uhr verrät mir, dass ich mich jetzt beeilen sollte. Ich flitze ins Wohnzimmer. Meine Mutter sitzt in ihrem Lesesessel und ist in ein Buch versunken. Sie arbeitet in einer Buchhandlung und bringt ständig neues Lesefutter nach Hause. Papa hockt vor dem Rechner. Vielleicht plant er schon unseren nächsten Sommerurlaub. Papa liebt Reiseplanungen und beginnt damit meist gleich nach Ende des letzten Urlaubs.

»Ich muss los«, sage ich und hebe meine Hand zum Gruß. Die beiden blicken auf.

»Was hast du denn vor?«, fragt mein Vater.

»Na, sie ist doch heute bei dieser Veranstaltung von der Plattenfirma eingeladen!« Mama sieht Papa vielsagend an.

»Ach, heute ist das. Na, da wünsche ich dir ganz viel Spaß! Aber nächstes Mal nimmst du mich mit, klar?« Er zwinkert mir zu. Als der allergrößte Musikfan, den ich kenne, ist er wohl tatsächlich ein wenig neidisch, dass ich heute eine Plattenfirma von innen sehen darf. Lachend winke ich den beiden, knalle in meiner Aufregung die Wohnungstür etwas zu heftig zu und laufe eilig die Straße hinunter zu Lindas Haus.

Obwohl ich superpünktlich bin, komme ich als Letzte an. Linda, ihr Vater, Ole und Lennert warten schon vor dem schicken schwarzen Auto. Gott, sehen die alle gut aus. Herr Beck trägt einen legeren Anzug, Linda ein traumhaftes Minikleid, Ole und Lennert sind betont lässig gekleidet mit Jeans und coolen Shirts. Ich atme einmal tief durch und begrüße die Runde.

»Hey, da bist du ja!« Linda umarmt mich leicht.

»Na, dann können wir ja los.« Herr Beck öffnet das Auto und lässt uns einsteigen. Lennert sitzt vorne, Linda, Ole und ich hinten. Die beiden sind nur mit sich selbst beschäftigt, Herr Beck telefoniert, und ich schaue einfach stur nach vorne. Einmal wirft Lennert einen Blick nach hinten. Als er sieht, dass Ole und Linda miteinander tuscheln, grinst er mich an und verdreht die Augen. Mein Herz, das sich während der Fahrt ein wenig beruhigt hatte, will sofort wieder in meiner Brust explodieren.

Die Fahrt zur Plattenfirma dauert eine ganze Weile, aber schließlich hält Herr Beck vor einem modernen Bürogebäude, über dessen Eingangstür die roten Buchstaben AMC leuchten. Plötzlich ist mir richtig warm vor Aufregung.

Herr Beck parkt das Auto. »Alles, was ihr nicht braucht, könnt ihr auf der Rückbank liegen lassen.«

Schnell ziehe ich meine Strickjacke aus, dann betreten wir zu fünft das Haus. Am Empfang erwarten uns zwei Damen in knallroten AMC-Shirts. Sie kontrollieren die Eintrittskarten und beschreiben uns den Weg nach oben.

Die Dachterrasse ist riesig, viel größer, als ich gedacht hatte. Überall sind weiße Sonnenschirme aufgespannt, unter denen weiße Sitzwürfel und kleine flache Tischchen stehen. Die meisten Plätze sind schon belegt. Irgendwo spielt eine Band, aber wo, kann ich nicht sehen.

»Ich glaube, das Büfett ist drinnen aufgebaut«, erklärt uns Herr Beck. »Sollen wir mal schauen, ob wir irgendwo noch ein Eckchen für uns finden?«

Wir schlängeln uns zwischen den Gästen hindurch, die überraschenderweise ziemlich spießig aussehen. Irgendwie hatte ich nur schräge Vögel erwartet, aber die meisten Leute wirken total normal. Wir kommen an einem Mann vorbei, der einen schneeweißen Anzug trägt, und ich sehe, wie Ole und Lennert sich anstupsen. Ob das jemand ist, den man kennen sollte?

Wir laufen an einer kleinen Bühne vorbei, auf der gerade eine Band spielt, die ich natürlich auch nicht kenne. Aber Lennert und Ole scheinen genauso wenig zu wissen, wer das ist, zumindest gehen sie weiter. Die Musik ist unerträglich laut, daher bin ich nicht traurig, dass wir nicht stehen bleiben. Am anderen Ende der Dachterrasse finden wir tatsächlich noch einen freien Stehtisch und gruppieren uns darum.

»Ich hole mir erst mal was zu essen, und dann muss ich noch mit ein paar Leuten reden«, sagt Herr Beck. »Aber ihr macht euch einfach eine nette Zeit hier, ja? Es treten noch zwei, drei Bands auf. Unter anderem diese … wie heißen die?« Fragend sieht er Linda an.

»*Traumtänzer*«, sagt sie mit leuchtenden Augen, und Ole nickt zustimmend.

Von der Band habe sogar ich schon mal gehört. *Traumtänzer* ist eine total angesagte deutsche Boyband, die gerade die Charts stürmt. Ganz schön cool, dass ich die gleich live sehen werde – auch wenn ich kein Fan bin!

»Wer kommt mit zum Büfett?« Herr Beck blickt auffordernd in die Runde.

»Nicht dass unser Tisch gleich wieder weg ist!«, wirft Linda ein. »Ich hole was für uns alle, okay?«

»Und ich besorge uns ein paar Getränke«, verkündet Lennert.

Ole grinst schief. »Dann verteidigen wir zwei die Burg, was?«

»Okay!« Ich halte die Luft an. Wenn jetzt alle gehen und ich mit Ole alleine bleibe … oje. Hoffentlich entsteht da nicht so eine peinliche Stille. Krampfhaft überlege ich, was ich ihn fragen könnte.

Doch er kommt mir zuvor: »Wie gefällt's dir denn bei der Radio-AG?«

Erleichtert atme ich aus. »Ganz gut. Na ja, man kann noch nicht so richtig viel sagen. Herr Hübner hört sich gerne selber reden. Mal sehen, wie die erste Sendung wird.«

»Ich find's cool, dass die Schule so was anbietet. Bin schon gespannt auf euren Beitrag.« Ole stützt die Ellenbogen auf den Tisch und schaut mich an.

»Und wie läuft's bei euch? In der Band, meine ich?«

Ole wiegt den Kopf von einer Seite zur anderen. »Ja, eigentlich gut. Wir haben uns wieder für ein paar Nachwuchswettbewerbe beworben. Mal sehen, ob wir uns da qualifizieren. Na ja, und wenn wir hier heute unser Demoband an den Mann bringen könnten, wäre das auch groß.«

Gerade will ich fragen, ob sie für das Demoband neue Songs aufgenommen haben, als Lennert ein paar bunte Flaschen auf den Tisch knallt.

»Cool, die haben hier diese neue *Superbrause* in allen vier Geschmacksrichtungen. Und alles umsonst! Rutsch mal, Alter.« Lennert gibt Ole einen Schubs, der mir dadurch gefährlich nah kommt. Lieber wäre es mir, wenn Lennert so dicht neben mir stünde. Der grinst mich breit an. »Apfel-Minze, Kirsche-Holunder, Melone oder Pfirsich-Rosmarin?«

»Äh …« Ratlos betrachte ich die Flaschen und entscheide nach der Farbe – rot! Ich mustere das Etikett. *Superbrause Kirsche-Holunder.*

»Gute Wahl!« Lennert nickt mir anerkennend zu. »Melone ist aber auch nicht schlecht.« Er greift sich eine rosafarbene Flasche und nimmt einen tiefen Schluck. Selbst wenn er trinkt, sieht er umwerfend aus.

»Wem wollt ihr hier denn euer Demoband geben?«, frage ich und nippe an der *Superbrause.* Die schmeckt allerdings gar nicht so super wie erhofft.

»Tja, wenn wir das wüssten.« Ole seufzt laut. »Hoffentlich kann Lindas Vater da was für uns reißen.«

»Allerdings. Sonst wäre meine ganze Arbeit umsonst. Demobänder zusammenstellen ist echt immer ein Riesenaufwand.« Aus seiner Jackentasche zieht Lennert eine CD hervor und legt sie auf den Tisch.

»Hast du das gemacht?«, frage ich staunend, denn die CD

sieht richtig professionell aus, mit ausgedrucktem Cover und so.

»Ja. Die Jungs und ich haben das im Studio eingespielt, aber zusammengeschnitten und gestaltet hab ich das.« Lennert blickt mich lange an, und meine Knie fangen schon wieder an zu zittern.

»Ich dachte, das war Nico«, höre ich Ole sagen.

»Ach, der!« Lennert macht eine abwertende Handbewegung, ohne den Blick von mir abzuwenden. »Und du so?«

Mein Mund wird schlagartig so trocken wie die Wüste Gobi. Auch ein Schluck *Superbrause* hilft nicht.

»Mann, war das voll!« Linda steht, beladen mit zwei großen Tellern, wieder am Tisch. Ihr Blick wandert zwischen Ole und mir hin und her.

Erst jetzt wird mir wieder bewusst, wie dicht wir nebeneinanderstehen. Hastig weiche ich einen Schritt zur Seite und sage: »Hey, das sieht super aus!«

Lächelnd stellt Linda einen Teller mit hübsch angerichteten kleinen Sandwiches, winzigen Einmachgläsern mit Salaten, Tomate-Mozzarella-Spießen und ein paar Minimuffins ab. Sie schiebt sich zwischen Ole und mich und kuschelt sich an Ole an. »Chico, Papa hat mir gerade Arno Bornstett vorgestellt. Ich mache euch nachher mit ihm bekannt, wenn ich ihn noch mal sehe.«

»Super!«

Vermutlich ist dieser Bornstett ein Produzent oder irgendjemand, der bei AMC arbeitet. Ich möchte nicht nachfragen und nehme mir eins der Sandwiches. Während ich daran rumknabbere und die anderen über Musiksachen reden, beobachte ich, wie die zweite Band die Bühne betritt. Die Musik ist mir etwas zu poppig, aber trotzdem ganz nett.

Lindas Vater kommt noch einmal kurz vorbei, Ole und Lennert drehen eine Runde, und auch ich schaue mich noch ein wenig um. Das Büfett ist in einem der Büros aufgebaut und nimmt fast den ganzen Raum ein. Allerdings interessiert mich das Essen gar nicht. Vielmehr will ich wissen, wie es in so einer Plattenfirma aussieht. Die meisten Räume sind verschlossen, doch es gibt viele Glastüren, durch die ich einen Blick werfen kann. Irgendwie stehen dahinter aber auch nur normale Schreibtische mit Bergen von Kram. Von einem normalen Büro unterscheidet sich das hier nur durch all die bunten Poster, die goldenen Schallplatten und die vielen CDs, die sich überall stapeln. Alles ist etwas bunter und teilweise auch chaotischer, als ich es aus Papas Versicherung kenne.

Nachdem ich mir ein Glas Schokomousse genommen habe, schlendere ich wieder nach draußen. Die anderen sehe ich nicht, nur an Herrn Beck laufe ich vorbei, der gerade in ein Gespräch vertieft ist. Ich frage mich, was er als Fernsehmann eigentlich mit der Musikwelt zu tun hat. Dann fällt mir ein, dass es manchmal Prominenten-Specials bei *De Rossi kocht!* gibt.

Da ich nicht weiß, was ich sonst tun soll, stelle ich mich an die Bühne. Die Auftritte sind wirklich kurz; schon wieder betritt eine neue Band die Bühne. Anmoderationen gibt es nicht, man erwartet scheinbar, dass die Gäste wissen, wer hier auftritt. Zum Glück weiß ich es auch, denn die Jungs von der Band *Traumtänzer* zieren gerade wirklich jede Jugendzeitschrift. Schlagartig stürmen die Leute, die bislang nur mit Essen und Reden beschäftigt waren, zur Bühne.

»Wow, die sind so cool!« Linda, Ole und Lennert sind hinter mich getreten. Linda hat nur Augen für die Jungs auf der Bühne und zieht Ole hinter sich her in die erste Reihe.

Lennert und ich bleiben etwas weiter abseits zurück. Mein Herz rast. Wenn die jetzt ihren Schmusesong *It's all yours* spielen würden … Ich muss an meinen Tagtraum in meinem Zimmer denken und werfe Lennert einen flüchtigen Blick zu. Er schaut gebannt zu, wie die Band sich auf der Bühne einrichtet. Dann erklingen die ersten Töne, aber sie starten nicht mit ihrem Megahit, sondern mit einer Poprock-Nummer, die auch nicht schlecht ist – nur leider null romantisch. Ich sehe, wie Linda und Ole vorne im Takt mitwippen. Linda singt sogar mit. Ich muss schmunzeln.

»Super, oder?«, brüllt mir Lennert ins Ohr. Ich nicke begeistert. Lennert steckt Zeigefinger und Daumen in den Mund und pfeift laut. »Wahnsinnssong!«

Wir klatschen mit, lächeln uns immer wieder zu, und irgendwie ist alles perfekt.

»Habt ihr das Demoband an den Mann bringen können?«, frage ich nach ein paar Minuten.

Lachend nickt Lennert, hört aber nicht auf, sich im Takt zu bewegen. »Lindas Vater ist super. Hat uns einem wichtigen Produzenten vorgestellt.« Die Musik ist so laut, dass Lennert mir ganz nahe kommen muss, damit ich ihn verstehen kann. »Der will sich die CD zumindest mal anhören.«

»Großartig, das freut mich für euch!« Würde ich meinen Kopf noch etwas nach rechts drehen, würden sich unsere Wangen berühren. Doch stattdessen berühren sich völlig unerwartet unsere Arme, und ein kleiner Stromschlag durchfährt mich. Lennert tut, als hätte er nichts gemerkt. Vielleicht hat er das ja auch nicht. Aber ich bin einfach nur glücklich.

So bleiben wir eine Weile nebeneinander stehen. Die *Traumtänzer* spielen noch zwei Songs, dann kommt *It's all yours*. Ich beobachte, wie Ole und Linda sich aneinanderkuscheln und küssen. Noch immer steht Lennert dicht neben mir, aber wir kommen uns nicht näher. Wie auch? Ich kann mich ihm ja nicht einfach an den Hals werfen. Und er macht keinerlei Anstalten, sich mir zu nähern. Mist, Mist und noch mal Mist! Der Song ist viel zu schnell vorbei, schon verabschieden sich die Jungs und ernten jede Menge Applaus. Während Lennert begeistert pfeift, blicke ich ihn immer wieder unauffällig an. Ein wenig wurmt es mich, dass ich ihm so nah bin, aber im selben Moment auch so unendlich fern.

Nach dem Auftritt der *Traumtänzer* bleibt die Bühne leer. Herr Beck hatte ja auch gesagt, dass es abends noch ein Konzert gibt. So stellen wir vier uns wieder an einen freien Stehtisch, aber irgendwie ist jetzt ein wenig die Luft raus. Nach und nach gehen die ersten Leute. Schließlich gesellt sich Herr Beck zu uns und gibt Linda Taxigeld. Er hat noch eine Besprechung, daher kann er uns nicht nach Hause fahren.

Keine Ahnung, wie das passiert ist, aber diesmal sitzt Ole vorne und ich hinten neben Lennert.

»Das war ein super Tag!«, schwärmt Linda.

»Allerdings«, stimmt Lennert zu. Dann stupst er mich mit der Schulter an. »Cool, dass du mit warst.«

Hat er das gerade wirklich gesagt? Wir lächeln uns an.

»Ja, fand ich auch. Danke noch mal, Linda«, sage ich schnell.

»Kein Problem!« Sie beugt sich vor und grinst mir zu.

Ein paar Minuten später biegen wir in die Goethestraße ein. Linda zahlt, und wir verabschieden uns voneinander. Lennert zwinkert mir noch mal zu, und ich schwebe nach Hause.

Gut, es kam zu keinem Kuss oder so was in der Art, aber Lennert und ich haben einen halben Tag zusammen verbracht – wer weiß, was in den nächsten Wochen noch alles passiert.

13

»**EINE MODERATORIN** oder einen Moderator brauchen wir auch noch! Wer könnte sich das vorstellen?«, fragt Herr Hübner am Montag, doch ich höre kaum zu.

Heute war Linda wirklich nett zu mir. In der Hofpause hat sie mich zu sich gewinkt. Auch Ole und Lennert standen dabei. Linda hat mir dann meine Strickjacke wiedergegeben, die noch bei Herrn Beck im Auto lag. Sehr nett. Und Lennert sah wieder toll aus. Er hat so niedlich gelächelt. Hach. Den ganzen Tag schwebe ich schon wie auf Wolken. Ich fühle mich nicht mehr wie eine kleine Achtklässlerin, sondern beinahe wie ein Mitglied der Clique.

Nur am Rande bemerke ich, dass Lindas und Felix' Arm in die Luft geschnellt sind. Was war? Moderation? Na, das wäre eh nichts für mich.

»Sehr gut«, lobt Herr Hübner die beiden erfreut. »Heute haben wir ein straffes Programm. Wenn ihr euch anstrengt, könnte diesen Freitag unsere erste Sendung laufen. Was meint ihr, schaffen wir das?«

Wir schauen uns fragend an. Nach und nach nicken sich alle zuversichtlich zu.

»Prima!« Herr Hübner reibt sich die Hände. »Also müssen in den nächsten Tagen alle Beiträge geschnitten werden. Henri und Konstantin haben sich die Nachmittage freigehalten, sodass ihr euch mit ihnen abstimmen könnt, wann ihr schneidet. Linda und Felix, ihr überlegt euch heute, wie ihr die Beiträge und die Musikstücke anmoderieren wollt. Denkt daran, dass die Moderationen kurz und knackig werden. Stoppt die Zeit. Es bleiben nur etwa zwei Minuten. Meint ihr, dass wir das nachher noch aufnehmen können?«

Die beiden nicken, und Herr Hübner fährt fort: »Gut. Dann sollten wir alles bis Freitag schaffen. Ich habe bereits mit der Schulleitung geredet, und wir haben die erste Hofpause ins Auge gefasst.« Er mustert uns der Reihe nach. »Am Donnerstag fahren Henri, Konstantin und ich die Sendung zusammen. Dann bleibt nur noch eins: Werbung, damit die Sendung ein voller Erfolg wird!« Sein Blick bleibt auf mir ruhen. »Stella, könntest du heute ein paar Plakate malen?«

Ich lasse mir meine Enttäuschung nicht anmerken. Alle anderen arbeiten aktiv an der Sendung, nur ich male Plakate. Doch wenn die Sendung ein Erfolg wird und wir regelmäßig senden, kann ich vielleicht nächstes Mal zeigen, was in mir steckt. Ich denke an Emily und weiß, dass sie mir raten würde, so viel Energie wie nur möglich in meine Aufgabe zu stecken. Also schnappe ich mir einen Stift und schreibe:

NEU! NEU! NEU!
Euer Schulradio
Leibniz FM geht on air!
Diesen Freitag, 1. Hofpause!

Während ich male, kommt Linda zu mir. »Sieht gut aus, aber vielleicht könntest du auffälligere Farben benutzen.«

Ich nicke und greife sofort zu einem neonpinken Leuchtstift.

»Du, ich habe diese Woche nur heute Zeit. Daher würde ich den Beitrag gleich im Anschluss schneiden.« Ich sehe ihr an, dass sie mit sich kämpft. Am liebsten würde sie den Beitrag noch immer gerne alleine betreuen. Dennoch sagt sie: »Wenn du willst, kannst du ja dazukommen.«

»Klar«, antworte ich schnell. Das möchte ich mir natürlich nicht entgehen lassen.

Linda nickt. »Okay, ich kläre das mit den Technik-Nerds.« Dann dreht sie ab, und ich male weiter.

Als Erstes hänge ich im Treppenhaus auf jeder Etage ein Plakat auf. Im Foyer klebe ich eins an das Schwarze Brett. Und dann will ich noch eins an der Tür zur Cafeteria befestigen, weil dort einfach jeder vorbeikommt.

Ich laufe einmal quer über den Hof zum Seitenflügel. Normalerweise ist die Cafeteria nur während der ersten beiden Hofpausen geöffnet und um die Uhrzeit längst geschlossen. Daher wundere ich mich, dass die Tür weit offen steht. Vielleicht wird etwas angeliefert, oder die Cafeteria-Mädels räumen um. Alle paar Wochen verschieben sie die Tische, und letztens haben sie ein ausrangiertes Sofa reingestellt, damit es in dem kalten, dunklen Souterrainraum mit Neonbeleuchtung wenigstens etwas gemütlich ist.

Sicher wäre es gut, auch ein Plakat neben dem Tresen zu platzieren. Hinter einem Mauervorsprung höre ich ein Geräusch. Was war das? Ein Kichern? Gerade will ich laut »Hallo?« rufen, als ich sehe, dass auf dem Sofa eng umschlungen zwei Leute sitzen, die sich innig küssen. Das Mädchen hat die Arme um den Hals des Jungen gelegt. Ich stocke. Leise schleiche ich zurück. Das Shirt, das der Junge trägt, kenne ich. Schwarzweiße Baseballshirts tragen hier nicht viele. Dazu die Haare. Ich schaue noch einmal genauer hin, vergewissere mich, während ich so unauffällig wie möglich den Raum verlasse. Kein Zweifel: Es ist Ole!

Ich schlucke – denn das Mädchen, das er küsst, ist nicht Linda. Wie auch? Sie ist ja oben und nimmt die Moderationen auf. Endlich habe ich die Tür erreicht und verschwinde in den Flur. Natürlich fällt mir vor lauter Aufregung die Schere lautstark auf den Boden. Mist, Mist und noch mal Mist! Schnell hebe ich sie auf.

»Ist da wer?«, ruft Ole von drinnen. Ich erkenne seine Stimme, womit auch der letzte Zweifel ausgeräumt ist. Schritte nähern sich, und ich renne schnell weg. Ob er mich gesehen hat? Verdammt, was soll ich denn jetzt nur machen? Als ich völlig atemlos vor unserem Studio angelangt bin, überlege ich kurz. Am liebsten würde ich jetzt ohne ein Wort verschwinden, aber das geht natürlich nicht. Also beschließe ich, erst mal so zu tun, als sei nichts gewesen.

Linda hat Kopfhörer auf und hört vermutlich ihre Moderationen noch mal an. Sie winkt mich zu sich, als sie mich sieht.

»Hör mal rein«, fordert sie mich auf und nimmt die Kopfhörer ab.

Ich nehme sie entgegen und lausche völlig geistesabwesend den Texten, die Linda und Felix eingesprochen haben. Doch in Gedanken bin ich nur bei Ole und dem fremden Mädchen.

»Ist das zu schnell?«, fragt Linda, als die Moderationen abgespielt sind.

»Äh, nein, alles super.« Ich habe keine Ahnung, weil ich mich einfach nicht konzentrieren konnte. Noch einmal spielt sie mir eine Stelle vor. »Rede ich da nicht sehr undeutlich?«

Ich schüttele den Kopf.

»Hm. Ole sagt nämlich, dass ich ein wenig lispele. Ist dir das auch schon mal aufgefallen?«

Wieso muss sie denn jetzt ausgerechnet Ole erwähnen? Zum Glück klingelt es in dem Moment. Ich schnappe mir meine Tasche und renne los. Linda ruft mir noch etwas hinterher, aber ich renne einfach nur davon, weil ich ihr nicht in die Augen sehen kann. Was für ein Mist. Am Samstag war doch alles noch in bester Ordnung, da hingen Ole und Linda die ganze Zeit aneinander. Ich verstehe das nicht. In meinem Kopf dreht sich alles.

14

»DU MUSST ES IHR SAGEN«, raunt Emily mir am nächsten Tag in der Hofpause zu.

Gestern Abend haben wir noch lange telefoniert. Nun haben wir uns so positioniert, dass wir Linda und Ole beobachten können. Auf den ersten Blick sieht es aus, als sei nie etwas geschehen.

»Ich weiß nicht«, sage ich erneut. Ich bin noch immer völlig verwirrt. Wieso knutscht Ole mit einer anderen? Bei dem Brunch wirkte alles so perfekt zwischen den beiden. Was soll ich nur tun? »Ich kann mich doch da nicht einmischen. Wer weiß, vielleicht führen die beiden eine … na ja … offene Beziehung. Vielleicht habe ich mich auch einfach verguckt. Vielleicht haben die gar nicht geknutscht, sondern dieses andere Mädchen ist gefallen, und er hat sie aufgefangen oder so.«

»Vielleicht ist er aber auch einfach ein Arsch, der seine Freundin hintergeht.« Emilys Augenbrauen ziehen sich finster zusammen. »Würdest du nicht wollen, dass man dir das sagt?«

»Doch, klar«, sage ich matt. Noch einmal schaue ich zu den beiden hinüber. Im Grunde weiß ich genau, was gestern in der Cafeteria passiert ist, selbst wenn ich es nicht wahrhaben will: Ole hintergeht seine Freundin, und ich finde das ganz schlimm.

»Und sag mal, das andere Mädchen? Das konntest du wirklich nicht erkennen?«, fragt sie mich zum hundertsten Mal.

Ich schüttele den Kopf. »Nein, er hat sie mit seinem Rücken verdeckt. Ich habe nur blonde Haare gesehen. Aber davon gibt's ja viele.«

»Hm«, macht Emily enttäuscht und lässt ihren Blick über den Schulhof schweifen. »Hast recht.«

»Selbst wenn? Was würde es mir nutzen?« Die Glocke ertönt und verkündet das Ende der Pause. Emily und ich schnappen uns die Taschen und machen uns auf den Weg zum Physikraum. Auf dem Weg dorthin treffen wir Linda.

»He, Stella!«, ruft sie. »Wo warst du denn gestern plötzlich? Wir wollten doch den Beitrag schneiden.«

Betreten schaue ich auf den braunen Linoleumboden. »Ich … ähm … tut mir leid …«

»Wir sind immer noch ganz schön im Stress, weil wir gestern nicht fertig geworden sind. Ich schneide heute Nachmittag weiter. Hilfst du mir? Dann geht's schneller. Ich habe nämlich nicht viel Zeit, und wir müssen das heute schaffen, sonst klappt das mit dem Zusammenfahren nicht mehr.«

Vielleicht ist es ein Wink des Schicksals, denke ich. »Ich … ähm, ja, ich bin dabei, klar.«

»Gut, dann bis um drei.« Linda rauscht davon, und Emily wirft mir einen durchdringenden Blick zu.

»Dir ist klar, was du heute Nachmittag um drei zu tun hast, oder? Sag ihr das. Das gehört sich so unter Mädchen. Das ist ein ungeschriebenes Gesetz!«

Ich nicke, bin aber den restlichen Schultag geistig kaum anwesend. Mir graut es vor dem Nachmittag. Wie wird Linda wohl reagieren? Hoffentlich zerbricht es ihr nicht das Herz. Obwohl ich Linda kaum kenne und wir jetzt auch nicht die dicksten Freundinnen sind, tut sie mir leid. Was für ein Arsch, dieser Ole!

Am Nachmittag passe ich Linda vor dem Studio ab.

»Hey, du bist ja schon da«, begrüßt sie mich. »Super, dann können wir gleich loslegen.«

»Ja, ich … also, ich wollte erst noch kurz was mit dir besprechen«, antworte ich und versuche, ihr dabei in die Augen zu schauen. Jedoch gelingt mir das kaum, mein Blick wandert immer wieder Richtung Boden. Verdammt, bin ich nervös.

»Ach ja?« Fragend sieht sie mich an. Bestimmt bemerkt sie meine Unsicherheit. »Was denn?«

»Also, als ich gestern die Plakate aufgehängt habe, da war ich auch in der Cafeteria …« Ich mache eine Pause.

»So? Ich hab da gar kein Plakat entdecken können. Dabei wäre es ein super Ort, um die Werbetrommel zu rühren. Hast du noch eins über?« Sie macht einen Schritt auf den Klassenraum zu, doch ich stelle mich ihr in den Weg. Irritiert mustert sie mich. »Ist alles okay?«

»Ich wollte da ja gestern ein Plakat aufhängen, aber dann … tja, ich war da gestern etwas verwirrt, denn in der Cafeteria war Ole.« Es tut mir leid, dass ich ihr gleich wehtun muss. Aber gleichzeitig spüre ich, dass sie langsam die Geduld verliert, mir zuzuhören. Also sage ich es einfach, ohne weiter nachzudenken. »Er war mit einer anderen da.«

Linda zögert kurz, dann lacht sie auf. »Und?«

»Sie haben sich … geküsst.« Mir ist heiß. So was von heiß.

»Du spinnst!« Sie zeigt mir einen Vogel. Dann lacht sie wieder, doch ich merke, dass sie innerlich total aufgewühlt ist.

Ich schüttele den Kopf und knete hektisch meine Hände.

Plötzlich kommt Linda mir ganz nahe und schaut mich mit schmalen Augen an. »Hast du dir das ausgedacht?«

Wieder schüttele ich den Kopf, bringe aber keinen Ton raus. Wenn ich ihr doch nur erklären könnte, was ich beobachtet habe. Sie ist mir jetzt so nah, dass ich ihr Parfüm riechen kann. Offenbar hat sie sich in ihrem Gefühlswirrwarr nun für Wut entschieden. Was ich verstehen könnte, wenn sie sich nicht ausgerechnet gegen mich richten würde, sondern gegen Ole. Sie zischt in mein Ohr: »Was soll das? Denkst du dir das aus, weil du selber in ihn verliebt bist?«

»Hä? Nein, ich … glaub mir doch«, versuche ich es gequält.

Nun rückt sie wieder etwas von mir ab. »Meinst du, ich habe nicht gesehen, wie du Ole beim Brunch angehimmelt hast?«

Ich werde rot. Das stimmt natürlich nicht, denn wenn ich jemanden angehimmelt habe, dann war es Lennert. Trotzdem fühle ich mich ertappt. Mir fällt ein, wie dicht wir an dem Stehtisch beieinanderstanden.

»Nein, Linda, glaub mir doch. Ich habe null Interesse an ihm. Er war da mit diesem blonden Mädchen und …«

»Hör auf mit deinen Lügengeschichten!«, schneidet Linda mir das Wort ab. »Wenn du denkst, dass du dich zwischen Ole und mich stellen kannst, hast du dich getäuscht!« Sie ist nicht mehr aufzuhalten. Sie kocht. »Meinst du wirklich, dass

Ole Interesse an dir haben könnte?« Das Lachen, das sie hervorstößt, ist schrill und verletzend. Abwertend mustert sie mich von oben bis unten. »An *dir*?«

Mittlerweile muss ich so rot wie eine reife Kirsche sein. Das sieht Linda natürlich auch und fühlt sich in ihrer Annahme bestätigt. Sie nickt wissend, dreht dann ab und ruft mir über die Schulter »Lass uns in Ruhe« zu.

Verdammt, das ist total schiefgelaufen.

»Das war die blödeste Idee aller Zeiten«, sage ich matt zu mir selbst. Dann gehe ich nach Hause.

»Es war richtig, ihr das zu sagen«, tröstet Emily mich am Abend. Ich habe sie spontan besucht, weil ich Beistand brauchte. Nun hocken wir eingekuschelt auf ihrem kleinen Sofa und knabbern Kekse. Mir ist die ganze Zeit zum Heulen zumute. Aber wenn einer weiß, wie man mich ablenken kann, dann ist es Emily. Sie spielt mir einen neuen Song vor, den sie total toll findet, zeigt mir Fotos von Max und kocht den leckersten Kakao auf der ganzen Welt.

Die nächsten Tage würdigt mich Linda keines Blickes. Zwischen ihr und Ole scheint noch immer alles in bester Ordnung zu sein. Sobald ich die beiden irgendwo sehe, versuche ich ihnen aus dem Weg zu gehen. Das ist alles so schrecklich schiefgelaufen. Gerade jetzt, wo ich doch endlich eine Chance hatte, Lennert näherzukommen.

»Wenn einer fremdknutscht, dann macht er das gewiss nicht nur ein Mal«, tröstet mich Emily. »Irgendwann wird Linda schon selbst merken, was für ein Typ ihr Ole ist.«

»Wie soll's denn jetzt nur weitergehen?«, frage ich stöhnend. »Linda wird mich doch fertigmachen bei der Radio-AG.«

»Ach was, mach dir nicht zu viele Sorgen. Das renkt sich wieder ein. Ganz bestimmt!« Emily nimmt mich in den Arm. Was würde ich nur ohne sie tun?

15

UNSERE SENDUNG wird in der ersten Hofpause ausgestrahlt, und vor lauter Aufregung vergesse ich fast den Ärger mit Linda. Herr Hübner hat vorgeschlagen, dass wir uns auf dem Schulhof verteilen, damit wir mitbekommen, ob den anderen die Sendung gefällt und ob man uns überall gut hören kann.

Ich lasse meinen Blick schweifen und entdecke Linda, die – umgeben von ihrer Clique – gerade mit ausschweifenden Armbewegungen einen Vortrag hält. Ole steht neben ihr. Als sie mich sieht, wirft sie mir einen Blick zu, der mir durch Mark und Bein geht. Dann wendet sie sich Ole zu und legt ihm demonstrativ den Arm um den Hals. Ich schlucke und ziehe Emily in die hinterste Ecke des Hofs.

Und schon geht die Sendung los. Es klingt ein bisschen blechern, aber zumindest ist alles gut zu verstehen. Linda und Felix führen durch die Sendung, benennen die Redaktionsmitglieder und moderieren die Beiträge an. Ich bin froh, dass die Moderation vor Lindas und meinem Streit aufgezeichnet wurde, sonst hätte sie vermutlich einfach vergessen, mich zu erwähnen. Als ich mich umschaue, sehe ich, dass die meisten meiner Mitschüler tatsächlich interessiert zuhören. Immer wieder blicke ich unauffällig zu Linda hinüber, die sich von ihren Freunden feiern lässt und dabei Ole fest an sich drückt. Mein Herz bekommt einen Stich nach dem anderen.

Als die Sendung zu Ende ist, klatschen ein paar Schüler. Emily fällt mir voller Begeisterung um den Hals. »Das war richtig toll! Mensch, Stella, ich bin stolz auf dich!« Aber irgendwie kann ich das alles gar nicht so richtig genießen.

Das Wochenende verbringe ich frustriert zu Hause. Wir sind am Samstag bei Freunden meiner Eltern eingeladen, bei denen es eigentlich immer total nett ist, aber diesmal habe ich einfach keinen Spaß. Mama schaut mich immer wieder besorgt an.

»Ist alles in Ordnung, Stella?«, fragt sie mich schließlich, als wir abends zu Hause auf der Couch sitzen.

Auf unserem viel zu kleinen Fernseher läuft irgendeine dämliche Gameshow. Meine Eltern lesen lieber oder hören Musik, schalten diesen Minikasten aber mir zuliebe am Wochenende ein. Ich nicke stumm. Nun mustert mich auch Papa.

»Es ist nichts!«, sage ich gereizt, weil mich die Röntgenblicke nerven. Sie meinen es nur gut, ich weiß ja, aber sie müssen eben auch nicht alles wissen. Sie sind toll, und ich rede wirklich gerne und viel mit ihnen, aber ich will jetzt nicht die Linda-Geschichte mit ihnen durchkauen. Ich möchte sie in meinem Herzen verschließen und vergessen. Ehrlich gesagt wünsche ich mir, dass Linda das alles möglichst auch bald vergisst, Ole so einen Quatsch nicht noch mal macht und wir uns wieder normal in die Augen sehen können. Ob sie Ole davon erzählt hat? Ob die beiden nun über mich reden? Und ob Lennert die ganze Sache auch mitbekommen hat? Mir schießen immer mehr Fragen durch den Kopf.

Mama und Papa werfen sich stumme Blicke zu. Seufzend drücke ich mich tiefer in unser weiches Sofa, klemme mir ein pastellfarbenes Kissen vor den Oberkörper und hypnotisiere den Fernseher. Irgendein Typ macht sich da gerade total zum Affen. Wirklich albern, aber ich tue so, als wäre ich höchst interessiert.

»Ich mach uns mal einen Tee«, verkündet Papa und verlässt das Wohnzimmer.

»Du weißt, dass du immer mit mir reden kannst, oder?« Meine Mutter hat mir ihre rechte Hand aufs Knie gelegt und streichelt mich sanft mit dem Daumen.

»Ja«, antworte ich knapp.

»Ist es …« Mit ihrer linken Hand dreht sie die Fernbedienung auf dem Couchtisch hin und her. »Ist es wegen eines Jungen?«

»Ach, Mama!«, nörgele ich. »Es ist nichts. Ich habe mich nur über ein Mädchen aus der Redaktion geärgert.«

Sie nickt und lächelt ein wenig. »Sonst läuft es doch aber gut bei eurem Schulradio, oder?«

»Alles bestens, ja.« Ich seufze laut.

»Und was ist zwischen dir und dem Mädchen vorgefallen?«

Ich weiß, dass Mama sich sehr bemüht, einfühlsam zu sein, aber im Moment kann ich das einfach nicht ab. Genervt erhebe ich mich. »Nichts, worüber ich reden möchte. Ich lese noch ein bisschen in meinem Zimmer.« Damit rausche ich an Papa vorbei, der gerade mit einem Tablett voller Tassen zu uns kommen wollte.

»Zu viele Fragen«, stoße ich noch hervor, bevor ich meine Tür geräuschvoll hinter mir schließe. Schon als ich mich auf mein Bett fallen lasse, habe ich ein schlechtes Gewissen.

Gedankenverloren betrachte ich die Poster und Fotos an den Wänden. Nach einer Weile nehme ich sie alle fein säuberlich ab und verstaue sie in meinem Schreibtisch. Leider ist mein Zimmer recht klein, sodass ich nicht viele Möglichkeiten habe, es umzuräumen. Die weißen Hängeregale sind fest an der Wand montiert, und der klobige Kleiderschrank passt auch nur in die Ecke neben der Tür. Schließlich stelle ich ein paar Bücher in ein anderes Regal und räume meinen Schreibtisch gründlich auf. Danach fühle ich mich besser. Ich starre auf die leere Wand über meinem Bett. Irgendwas muss da noch hin. Mal sehen. Für den Moment bin ich zufrieden. Wenigstens in meinem Zimmer ist Ordnung, wenn schon sonst alles chaotisch ist.

16

MONTAG FRÜH ist irgendwas anders. Ich merke es schon beim Betreten des Gebäudes. Die Schüler, die sonst immer eilig in ihre Klassenräume huschen, stehen heute zusammen und tuscheln. Ein Grüppchen hier, eins dort, eins dahinten. Irgendwas muss passiert sein, und ich ärgere mich, dass ich beim Frühstück nicht wenigstens einen Blick auf das Titelbild der Tageszeitung geworfen habe. Ist jemand gestorben? Ein bekannter Schauspieler, ein Musiker? Irritiert laufe ich zu unserer Klasse. Bestimmt hat da einer mitbekommen, was los ist. Doch hier scheint die große Nachricht noch nicht angekommen zu sein. Alle hocken schlapp und montagsmüde auf ihren Stühlen. Auch Emily sitzt schon auf ihrem Platz.

»Morgen! Weißt du, was hier los ist?«, frage ich und lasse mich auf meinen Stuhl gleiten.

Emily sieht sich ratlos um. »Montagmorgen, alles wie immer, oder? Mann, ich bin so müde.« Ein Lächeln huscht über ihr Gesicht. »Hab gestern noch ganz lange mit Max telefoniert.«

»Ihr wart doch verabredet.«

»Na und?« Sie grinst breit. »Danach noch.« Ich kann die

Schmetterlinge, die in ihrem Bauch herumfliegen, beinahe hören.

»He!« Mara dreht sich auf ihrem Stuhl zu uns um. Sie war mit ihren Eltern ein Jahr im Ausland und wiederholt nun die achte Klasse. Emily kommt mit ihr ganz gut aus, aber ich mag sie nicht sonderlich. Meistens hängt sie eh mit ihren alten Freunden aus der Neunten rum. »Schon gehört?«

»Nee, was denn?«, frage ich neugierig. Hatte ich doch recht gehabt, dass irgendwas passiert ist!

In dem Moment betritt Herr Steingräber die Klasse, und alle huschen auf ihre Plätze. Mara nutzt die Gelegenheit, um uns noch schnell zuzuflüstern: »Es wird gemunkelt, dass sich unser Superpärchen getrennt hat.«

Herr Steingräber klopft mit seinem Kugelschreiber auf den Tisch. »Und wir wenden uns unseren Gleichungen zu«, mahnt er.

Gehorsam blickt Mara wieder nach vorne, sodass ich wohl bis zum Ende der Stunde nichts mehr aus ihr herausbekommen werde. Emily stupst mich an. Auf ihren Block hat sie geschrieben: *Meint sie Linda und Ole?*

Ich schreibe darunter: *Haben wir noch ein Superpärchen an der Schule?*

Diese beiden aus der 11.?, kritzelt nun Emily.

Glaub ich nicht.

Ich auch nicht.

Ob Linda Ole auf die Schliche gekommen ist?

Mal sehen, was Mara weiß.

»Emily und Stella, löst ihr die Gleichungen, noch bevor ich sie an die Tafel geschrieben habe?«, ruft Herr Steingräber, und wir beide fahren hoch. Mit hochrotem Kopf lässt Emily den Zettel unter ihrem Hefter verschwinden.

Während Herr Steingräber die Aufgaben an die Tafel schreibt, bricht eine Flut unterschiedlichster Gefühle über mich herein. In erster Linie natürlich Neugier, was passiert ist. Aber auch ein wenig Mitleid, weil ich erst mal davon ausgehe, dass Ole Schuld am Ende der Beziehung hat. Und dann ist da noch eine Spur von Triumph. Weil ich nun vielleicht nicht mehr als große Lügnerin dastehe.

Die Stunde erscheint mir unendlich lang. Doch irgendwann läutet der Gong und erlöst uns. Natürlich möchte ich nicht zu interessiert wirken, daher bin ich froh, dass Emily Mara sofort löchert: »Also, was ist passiert?«

Mara setzt sich rittlings auf ihren Stuhl. »Ich weiß das auch nur von meiner Schwester. Die ist nämlich mit Ellen befreundet und war am Wochenende mit ihr, Linda und ein paar anderen Mädels auf einer Party. Da war's aber öde, also sind sie weitergezogen und irgendwann im *Bubba's* gelandet, wo Ole und ein paar andere Jungs zum Billardspielen verabredet waren. Und da hat Linda Ole mit einem anderen Mädchen erwischt.«

Mir fallen fast die Augen aus dem Kopf. »Nicht dein Ernst!« Ob das dieselbe war, mit der ich ihn in der Cafeteria gesehen habe? Das werde ich wohl nie herausfinden, ist aber auch nebensächlich.

»Tja, und jetzt ist es wohl aus bei den beiden«, schließt Mara ihren Bericht.

»Heftig«, sagt Emily. Mir bleibt einfach nur der Mund offen stehen.

In der großen Pause stürzen Emily und ich ins Freie, um zu sehen, wie Ole und Linda sich verhalten. Es ist spannender als jede Soap-Opera, echt! Umringt von ihren Freundinnen, steht Linda neben den Tischtennisplatten, Ole mit ein paar Jungen bei den Bänken. Linda hat sich so positioniert, dass sie Ole den Rücken zudreht, aber ich sehe sie ganz genau. Sie hat etwas von ihrem Glanz verloren. Zwar hat sie sich heute besonders hübsch angezogen, aber die Sachen hängen an ihr wie an einer ausrangierten Schaufensterpuppe.

Kurz darauf schlendert Lennert über den Hof und direkt an uns vorbei. Als er mir kurz zunickt, spreche ich ihn an: »Alles okay bei Ole und Linda?«

Er hebt abwehrend die Hände. »Da mische ich mich nicht ein, Fahrradmädchen.« Er zwinkert mir zu – oh Gott, wie süß er ist – und geht weiter. Ein warmes Kribbeln zieht über meinen gesamten Körper.

»Dir sieht man echt an, wie verknallt du bist«, sagt Emily und piekt mir in die Seite.

Ich werde rot und hoffe, dass das außer meiner besten Freundin keiner sieht.

17

NACH DER SCHULE finde ich mich wieder in unserem kleinen Studio im dritten Stock ein. Mir ist etwas mulmig zumute. Ich bin gespannt, ob Linda kommt. In so einer Situation würde ich blitzschnell nach Hause gehen, aber Linda sitzt bereits auf einem Stuhl und macht sich akribisch Notizen in ihr Glitzerbuch.

»Leute, die Sendung war ein voller Erfolg! Ihr könnt wirklich stolz auf euch sein. Die Schulleitung ist begeistert«, sagt Herr Hübner, noch bevor er die Tür geschlossen hat. »Wir sollen direkt weitermachen und in zwei Wochen wieder senden.«

Henri und Konstantin klatschen ab, Felix ruft laut: »Yes!«, Sophie nickt zufrieden, und Linda reckt ihr Kinn triumphierend in die Höhe.

»Unser Rektor wünscht sich, dass wir über das Jubiläum berichten! Am liebsten hätte er eine komplette Sendung darüber.«

»Aber das ist doch schon Freitag!«, wirft Felix ein.

»Ja, aber wir gehen erst in der Woche danach auf Sendung. Ich schlage vor, dass wir zwei Beiträge bringen – einen langen, allgemein gehaltenen mit Stimmen zum Fest und ein Interview mit der Schulband. Die treten am Freitag ja auf und …« Er kramt aus seiner Tasche einen Flyer hervor und wedelt damit in der Luft. Ich kann kaum erkennen, was darauf steht, sehe nur, dass es etwas mit Musik zu tun haben muss. »Die Jungs fahren demnächst wieder zu einem Nachwuchswettbewerb und können unsere Unterstützung brauchen. Okay für euch? Dann teilt euch doch bitte auf.« Herr Hübner lächelt uns an, legt den Flyer vor Linda auf den Tisch und wendet sich dann der Technik zu. »Gab es irgendwelche Probleme bei der Ausstrahlung?«

Vorsichtig schiele ich zu Linda hinüber. Sie ist knallrot geworden. Das mit dem Beitrag über die Schulband hätte wohl zu keinem unpassenderen Zeitpunkt kommen können.

Bevor wir uns zusammensetzen, hat Felix noch eine Frage: »Wer wird denn jetzt eigentlich CvD?«

»Ach ja«, Herr Hübner nickt, »wer möchte sich zur Verfügung stellen?«

Natürlich melden sich Linda und Felix.

»Gut, dann stimmt doch ab. Jeder nimmt sich bitte einen kleinen Zettel und schreibt drauf, wen er gern als CvD hätte.«

Ich überlege lange, denn mein Verhältnis zu Linda ist schwierig. Und es wird irgendwie immer komplizierter. Was meine Entscheidung natürlich nicht beeinflussen sollte. Oder würde sie mir das Leben schwer machen, wenn sie CvD wäre? Dennoch schreibe ich ihren Namen auf das Papier, weil die neue Aufgabe vielleicht ihre Laune heben würde.

Linda gewinnt dann auch tatsächlich die Wahl. Ob sie sich freut, weiß ich nicht. Ihr Lächeln hat eine Spur von Bitterkeit. Trotzdem reißt sie sofort das Ruder an sich.

»Okay. Schulfest. Wer übernimmt was?«, fragt sie, nachdem sie sich geräuspert hat.

Felix pikst ihr in die Seite. »Na, du interviewst ja wohl die Band, oder? Wird doch ein Heimspiel.« Offenbar hat er noch nichts von der Trennung gehört.

»Sehr lustig. Ich habe beim Schulfest anderweitig zu tun.« Linda wirft ihren Kopf zurück.

»Ich würde die allgemeine Reportage übernehmen«, meldet sich Sophie, die einen Pullover trägt, der so kuschelig aussieht wie ein Topfkratzer.

Erleichtert nickt Linda. »Super. Und das Interview?« Mit spitzen Fingern schiebt sie den Flyer von sich weg.

Felix schüttelt den Kopf. »Nee, du, ich hab da auch keine Zeit. Die Basketballmannschaft hat mich um Hilfe gebeten.« Irgendwie bekomme ich das Gefühl, dass er sich den Tag freihalten will, statt zu arbeiten.

»Gut. Dann übernimmt Stella das Interview mit der … Band«, ordnet Linda in einem Ton an, der keine Widerrede zulässt. Sie gibt dem Wettbewerbsflyer einen Schubs, sodass er über den Tisch segelt und direkt vor mir liegen bleibt. »Drei Minuten, mehr geht nicht.« Sie sieht, dass mir der Mund offen stehen bleibt, und fügt völlig herablassend hinzu: »Du wolltest doch die ganze Zeit einen eigenen Beitrag machen, oder nicht?« Sie zuckt mit den Schultern und wendet sich Felix zu. »Du kannst dir ja schon mal Gedanken machen, was wir nach dieser blöden Schulfest-Sendung bringen.«

Henri beugt sich vom Nebentisch zu mir herüber. »Könntest du dann auch einen Song aufnehmen?« Ratlos zucke ich mit den Schultern. »Erkläre ich dir noch, keine Sorge!«

Während Linda sich schon dem Ablaufplan der nächsten Woche zuwendet, befinde ich mich noch in einer Schockstarre. Ich bin erschrocken, wie sehr Linda mich noch immer auf dem Kieker hat, obwohl sie inzwischen weiß, dass ich nicht gelogen habe. Insgeheim hatte ich gehofft, dass sie sich bei mir entschuldigen oder wenigstens wieder nett sein würde.

Doch ich kann es nicht ändern. Und was viel wichtiger ist als das: Ich kann meinen eigenen Beitrag machen, und ich werde *Next Door* interviewen! Das ist doch wohl der absolute Wahnsinn! Hoffentlich wird der Beitrag richtig gut. Und hoffentlich zittern mir nicht die Knie, wenn ich Lennert Fragen stelle.

18

VOR LAUTER FREUDE klatscht Emily in die Hände, als ich ihr eine halbe Stunde später davon erzähle. »Das sind ja großartige Neuigkeiten!«, jubelt sie. »Ich freue mich riesig für dich.«

Wir stehen vor der Aula, wo Emily gerade ihre Theaterprobe hatte. Anlässlich des Jubiläums führen sie am Freitag ein kurzes Stück auf.

»Ich bin auch ganz aufgeregt«, gebe ich zu.

»Die Band probt jetzt, weißt du das?« Emily deutet in Richtung Aula. »Sie mussten warten, bis wir mit unserer Probe fertig sind.«

Vorsichtig schaue ich um die Ecke in unsere betagte Aula. Auf der hölzernen Bühne bauen Lennert, Ole, Bendix und Nico ihre Instrumente auf.

»Wissen sie schon, dass du sie am Freitag interviewen wirst?«, fragt Emily nun.

Ich schüttele den Kopf. »Nein. Das muss ich noch mit ihnen klären.«

»Na, dann nutz doch die Gelegenheit. Ich muss jetzt los. Bin mit Max verabredet.« Ein Lächeln huscht über ihr Gesicht.

Sie ist so was von verknallt. Ich habe ihn immer noch nicht kennengelernt. Das ist womöglich auch ein bisschen meine Schuld. Ich freue mich ja für Emily, kann aber nichts dagegen tun, dass mein Herz jedes Mal einen kleinen Stich bekommt, wenn sein Name fällt. Irgendwie habe ich Angst, dass er mir Emily wegnimmt. Außerdem stehe ich nicht so auf Dreiertreffen. Wer sieht schon gern einem verliebten Pärchen beim Knutschen zu? Dennoch will ich ihn natürlich kennenlernen. »Bringst du Max eigentlich zum Schulfest mit?«

»Ich denke schon. Hoffentlich vergesse ich meinen Text nicht«, sagt Emily.

Ich winke ab. »Ach was, du übst doch seit Wochen!«

Sie drückt mich zum Abschied, und während sie die Treppe hinunterflitzt, betrete ich die Aula. Zögernd nähere ich mich der Bühne.

»Hey, Fahrradmädchen«, ruft Lennert, der mich als Erster entdeckt. Er streicht sich mit der Hand die Haare aus dem Gesicht und sieht mal wieder zum Anbeißen aus. Dass er mich immer noch *Fahrradmädchen* nennt, finde ich irgendwie ganz süß. Emily hingegen hat sich etwas abfällig darüber geäußert. »Weiß der denn immer noch nicht deinen Namen?« Egal.

»Hallo, darf ich kurz stören? Ich wollte was mit euch besprechen«, sage ich und versuche, so lässig wie möglich zu klingen.

»Na, dann schieß mal los.« Er setzt sich auf den Bühnenrand und lässt seine Beine hinunterbaumeln. Ole und Bendix nehmen keine Notiz von mir, aber Lennerts Bruder Nico kommt dazu. »Hallo, du bist Stella, oder?«, begrüßt er mich.

Ich nicke knapp und wundere mich, woher er meinen Namen kennt.

»Ich bin Nico«, stellt er sich vor. Das weiß ich natürlich, aber trotzdem tue ich so, als wäre es eine Neuigkeit. Er ist etwas kleiner als sein Bruder und bei Weitem nicht so cool. Er wirkt eher ein wenig schluffig. Offensichtlich macht er sich nicht so viele Gedanken um sein Aussehen wie Lennert. Denn während Lennert in engem grauem Shirt und Lederjacke fast wie ein Rockstar aussieht, trägt Nico eine ausgebeulte Hose und einen abgewetzten Schlabberpulli. Vermutlich rennt Lennert auch alle zwei Wochen zum Friseur, um seinen Undercut in Form zu halten, während Nico einen wilden Wuschelkopf hat. Kurz frage ich mich, ob sie sich eigentlich gut verstehen und nur rein optisch total verschieden sind.

Mir wird bewusst, dass ich die beiden anstarre. Schnell besinne ich mich wieder auf meinen Text. »Ihr wisst ja, dass es jetzt ein Schulradio gibt.«

»Ja, war 'ne super Sendung, die ihr da auf die Beine gestellt habt«, sagt Nico.

»Danke.« Ich grinse breit. »Für die nächste Sendung soll ich euch interviewen. Es wird leider nur ein kurzer Beitrag, aber ich würde euch gerne am Freitag beim Schulfest ein paar Fragen stellen. Geht das?« Angespannt schaue ich zwischen den beiden hin und her.

Lennert zuckt mit den Schultern. »Klar. Komm nach dem Auftritt einfach vorbei.« Er grinst mich an und schwingt sich wieder auf die Bühne, wo er beginnt, den Mikroständer auf seine Größe einzustellen.

»Ähm«, sage ich noch, doch Lennert zwinkert mir nur

kurz zu und stimmt ein paar Zeilen aus ihrem Song *Niemals* an. Mit offenem Mund starre ich ihn an und bewundere ihn aus vollem Herzen. Während er singt, schaut er mich die ganze Zeit an, und alles in mir löst sich in tausend Teile auf. Ich bin völlig in seinem Bann.

»Wenn du noch Hilfe brauchst, meld dich einfach bei mir.« Nur leise vernehme ich Nicos Stimme neben mir.

»Hm?«, mache ich und drehe mich langsam zu ihm um. Es ist, als ob ich eben auf den Mond geflogen wäre und man mich nun ruckartig auf den Erdboden zurückreißen würde.

»Ich sagte, wenn du noch Hilfe brauchst, komm zu mir.« Nico zieht die Augenbrauen hoch.

Verlegen zupfe ich mir am Ohr. »Super, danke. Ich muss dann mal wieder.« Ich werfe einen letzten Blick auf Lennert, der sich nun eine Gitarre umgehängt hat, und schiebe den Riemen meiner Tasche etwas höher auf die Schulter. »Ich bin dann Freitag nach dem Auftritt hier. Ach …« Du meine Güte, mein Verstand hat in den letzten Minuten einfach ausgesetzt. Zum Glück fällt mir noch ein, worum Henri mich gebeten hat, also wende ich mich Nico noch einmal zu. »Ich soll einen Song von euch aufnehmen, den wir dann senden können.« Natürlich habe ich in meiner Aufregung vergessen, Henri zu fragen, wie das geht.

»Okay, kein Problem. Du kannst dich ins Mischpult einstöpseln«, klärt Nico mich auf. »Das ist zwar nur klein, aber besser als nichts.«

Ich sehe ihn ratlos an, und er lacht kurz auf. »Wenn du willst, mache ich das für dich. Hast du einen Rekorder?«

»Wir haben Aufnahmegeräte in der Redaktion«, sage ich.

»MP3?«

»Ich glaube schon.« Hätte ich mir das doch bloß alles von Henri erklären lassen!

Nico merkt, dass ich keine Ahnung habe. Mir ist das peinlich, aber er nimmt das zum Glück locker. »Gut, wir machen es so: Du kommst am Freitag um kurz nach zwei zum Soundcheck. Dann probieren wir das mit der Aufnahme einmal aus, damit abends nichts schiefgeht. Ich bringe zur Not auch noch meinen Rekorder mit.«

Ich atme auf. »Das ist supernett von dir, danke!«

Er lächelt breit, und ich verabschiede mich endlich winkend. Leider sieht Lennert nicht noch einmal zu mir hinüber.

19

»DIE BESTEN TIPPS für dein Interview könnte dir Juliane geben. Ruf sie doch einfach mal an«, schlägt meine Mutter am Donnerstagabend vor, als ich umgeben von Notizzetteln am Küchentisch sitze. »Sie würde dir bestimmt gerne helfen.«

»Ist sie denn gerade zu erreichen?« Meistens ist meine Tante fernab jeglicher Zivilisation unterwegs und hat weder Telefon noch Internet.

»Sie ist seit ein paar Tagen in Paris.« Früher hat Juliane mal in Frankreich studiert. Obwohl sie seit Jahren von einem Land ins nächste zieht, hat sie ihre kleine Studentenbude in Paris behalten. Wenn sie also so was wie ein festes Zuhause hat, dann ist es die winzige Wohnung in Montmartre.

Eigentlich habe ich meinen Interviewplan schon fertig. Ich habe etwa zehn Fragen, was vermutlich viel zu viel ist für meinen kurzen Beitrag. Vielleicht kann Juliane mir bei der Auswahl der richtigen Fragen helfen. Also schnappe ich mir das Telefon, setze mich an meinen Schreibtisch und rufe sie an.

»Stella, wie schön, von dir zu hören«, begrüßt sie mich erfreut.

»Stell dir vor, morgen führe ich mein erstes Interview für unser Schulradio. Für meinen ersten eigenen Beitrag.« Mein Herz schlägt schneller, als ich das sage.

»Oh, das ist ja großartig! Ich wusste nicht, dass ihr eine eigene Radiosendung an der Schule habt.«

Ich erkläre Juliane, dass die Redaktion noch neu ist und dass es leichte Startschwierigkeiten gab. Schließlich erzähle ich ihr sogar die Geschichte von Linda und Ole.

»Dann ist der Beitrag jetzt die beste Gelegenheit für dich, allen zu zeigen, was in dir steckt, oder?«

»Irgendwie schon, ja.«

»Wie aufregend! Fühlst du dich gut vorbereitet?«

Ich wühle in meinen Notizen und betrachte meinen Fragenzettel. »Mit meinen Fragen bin ich recht zufrieden. Es sind nur zu viele.«

Gemeinsam besprechen wir, welche Fragen wichtig und welche vielleicht nicht ganz so wichtig sind.

»Schneidest du den Beitrag auch selbst?«, will Juliane nun wissen.

»Nee, das machen wir zusammen mit den Jungs von der Technik.«

»Hm. Dabei ist es ganz einfach. Es ist ja nur Ton, kein Bild. Das ist wirklich nicht kompliziert. Also, ich schneide meine Beiträge am liebsten selbst. Das macht Spaß. Hast du schon mal überlegt, ob du nächste Woche einfach einen fertigen Beitrag ablieferst?«

Ich schmunzele. Meine Tante ist der wohl ehrgeizigste Mensch, den ich kenne. »Nee, ich weiß gar nicht, wie das geht.«

»Es ist wirklich ganz einfach. Wenn du willst, schicke ich dir den Link zu einem simplen Programm, mit dem man MP3-Aufnahmen schneiden kann. Schau dir das doch mal an. Es kann nicht schaden, wenn man sich als Journalist auch mit der technischen Seite auskennt. Und meinst du nicht, du würdest mächtig Eindruck schinden, wenn du mit einem fertigen Beitrag kommst?«

Eine Weile sage ich nichts. Keine Ahnung, wie die anderen das finden würden. Und keine Ahnung, ob ich das überhaupt hinkriegen würde. Aber was hab ich schon zu verlieren?

»Okay, schick mir das mal, ich habe heute Abend eh nichts vor, da schaue ich mir das an.«

»Sehr gut. Wenn du willst, kann ich dir auch helfen. Ich habe am Wochenende frei. Ruf mich an, wenn du mich brauchst.«

»Super, danke!« Was habe ich für ein Glück, so eine tolle Tante zu haben!

»Gibst du mir noch mal Esther? Ich schicke dir derweil die Mail.« Ich bringe meiner Mutter das Telefon in die Küche und schnappe mir Papas alten Laptop, den er mir geschenkt hat. Der ist superschwer und echt langsam, aber für mich reicht er völlig aus. Ich lasse mich auf mein Bett fallen, und während der Laptop Minuten braucht, um hochzufahren, betrachte ich die leere Wand über meinem Bett. Irgendwas muss ich mir noch einfallen lassen, was da anstelle der Plakate hinkommt …

Als der Rechner endlich bereit ist, wartet in meinem Postfach bereits Julianes Mail. Sie ist immer so fix und kann tausend Dinge gleichzeitig machen. Ich öffne den Link und lade mir anschließend das Programm runter. Es ist tatsächlich relativ einfach zu bedienen. Bis Mitternacht sitze ich davor und versuche, Tonstücke zusammenzuschneiden. Als ich todmüde ins Bett falle, steht mein Entschluss fest: Ich werde am Montag einen fertigen und superguten Beitrag abliefern. Wäre doch gelacht, wenn ich das nicht hinkriege!

Am nächsten Morgen fängt mein Bauch schon beim Aufwachen an zu kribbeln. Hoffentlich geht heute nichts schief. Du bist gut vorbereitet, sage ich mir, um mich selbst zu beruhigen.

Zum Glück fällt der Unterricht heute aus, und ich muss erst um zwölf Uhr beim Aufbau für den Kuchenverkauf helfen. Nach einem langen Bad stehe ich ewig vor dem Kleiderschrank und finde doch nichts Passendes. Schließlich ziehe ich wieder das Shirt vom Brunch an. Dann gehe ich noch mal meine Aufzeichnungen durch.

In der Schule schleppe ich Tische hin und her und nehme Kuchen entgegen, die Mitschüler und Eltern vorbeibringen. So vergeht die Zeit bis zum Soundcheck wie im Flug. Um kurz vor zwei verabschiede ich mich und renne zur Aula.

»Hi, da bist du ja«, begrüßt mich Nico, der vor den großen Flügeltüren auf mich wartet. Wie nett. »Wir müssen uns ranhalten. Die Theatergruppe will noch was am Bühnenbild machen und schmeißt uns deshalb früher raus als geplant.«

»Verstehe«, sage ich und werfe einen Blick auf die Uhr. Bis das Fest beginnt, ist nicht mehr viel Zeit. »Ich habe jetzt nur ein Aufnahmegerät von Herrn Hübner bekommen. Aber das brauche ich doch für das Interview.« Aus meiner Tasche ziehe ich das kleine schwarze Gerät samt Mikro. »Wie machen wir das jetzt mit dem Mitschnitt?«

»Kein Problem. Hast du ein Smartphone?«

Meine Wangen färben sich rot. Papa will sich seit Monaten ein neues Smartphone kaufen, und dann soll ich sein altes bekommen, aber im Moment habe ich nur ein uraltes Teil ohne Touchscreen. Peinlich berührt ziehe ich das Gerät aus meiner Hosentasche.

Nico wiegt den Kopf hin und her, macht sich aber zumindest nicht darüber lustig, dass ich mit einem Steinzeitmodell telefoniere. »Dann nehmen wir doch besser meinen Rekorder. Komm mit.«

Er führt mich zum hinteren Ende der Aula, wo ein Mischpult aufgebaut ist. Auf der Bühne sind die anderen Jungs der Band schon am Proben. Mit dem Typen, der am Mischpult sitzt, bespricht er sich kurz und stöpselt seinen Rekorder dann in das große Gerät.

»Sollte klappen«, sagt der Mischpulttyp.

»Top!« Nico streckt seinen Daumen in die Höhe und wendet sich mir zu. »Nach dem Konzert kannst du den Rekorder hier einfach abholen. Und wenn du den Beitrag fertig hast, gibst du ihn mir zurück. Eilt aber nicht.«

Mir fällt ein Stein vom Herzen. Die Sache mit dem Song wäre schon mal geklärt.

»Wenn du willst, kannst du beim Soundcheck zuschauen.« Nico deutet auf eine Stuhlreihe direkt vor der Bühne. »Dauert nicht lange.«

»Gerne«, antworte ich.

»Mann, Nocki, jetzt komm doch mal!«, ruft Lennert von der Bühne. Nicos Ohren laufen rot an. Offensichtlich ist ihm der Spitzname peinlich.

Ich winke Lennert zu, und er nickt grinsend.

»Bis später«, sagt Nico, springt auf die Bühne und schnappt sich seinen Bass. Heute haben sie sogar zwei Backgroundsängerinnen dabei. Ich glaube, das sind Mädels vom Schulchor.

Die Jungs besprechen kurz, welche Songs sie spielen, bevor sie einzelne Stücke proben.

»Ab der Bridge noch mal!« Ole schlägt die Drumsticks aufeinander und zählt: »Und eins, zwei, drei!«

Der Sound ist der Wahnsinn. Die ganze Aula wackelt. Das Konzert wird sicher super. Nach der Theateraufführung, der Rede des Rektors und des Bezirksbürgermeisters und dem Auftritt des Chors geht die Band heute als Letztes auf die Bühne. Und im Anschluss gibt es eine Party.

Gebannt lausche ich den Jungs und habe das Gefühl, dass sie nur für mich spielen. Ist ja irgendwie auch so. Obwohl sie kein Lied zu Ende spielen und Lennert oft ganze Textzeilen weglässt, bin ich voll dabei und versinke in der Musik. Hin und wieder schaut Lennert mich an und zwinkert mir zu. Jedes Mal spüre ich, wie sich die Härchen auf meinen Armen aufstellen und meine Knie weich werden. Nur gut, dass ich sitze. Die paar Minuten sind viel zu schnell vorbei. Schon öffnen sich die Türen, und die Schüler der Theater-AG stürmen herein. Ich winke Emily kurz zu, und sie lächelt mich wissend an. Vielleicht sollte ich Lennert daran erinnern, dass er sich nachher noch Zeit für das Interview nimmt? Theoretisch könnten wir das Interview ja auch jetzt gleich führen.

»Ihr macht das super«, sagt er gerade zu der braunhaarigen Sängerin, als ich mich ihnen nähere. »Das wertet die Show richtig auf.«

»Hallo«, unterbreche ich sie einfach mitten im Gespräch und wundere mich über mein Selbstbewusstsein. »Denkt ihr noch an das Interview?«

Lennert runzelt die Stirn. »Äh, ja, klar. Hatten wir das nicht schon geklärt? Komm nach der Show einfach hinter die Bühne.« Er hält seine rechte Hand in die Höhe, und ich frage mich, ob er erwartet, dass ich mit ihm abklatsche oder ob es einfach nur ein Abschiedsgruß sein soll. Weil ich mich nicht blamieren will, ignoriere ich die Geste und nicke. »Gut, dann bis später.«

Nun legt Lennert den Arm um die Sängerin und verlässt mit ihr die Aula. Mein Herz bekommt einen Stich, und ich sehe den beiden fassungslos hinterher. Er hat mir doch vorhin noch zugezwinkert. Und überhaupt – ich hatte das Gefühl, dass er mich mag.

In dem Moment schiebt sich Ole an mir vorbei. Er hat die blonde Sängerin im Arm. Was geht denn hier ab?

»Ich kümmere mich drum«, höre ich jemanden sagen, und wieder ist es Nico, der hinter mir steht.

Wortlos nicke ich, aber innerlich fühle ich mich ganz taub. Wie gerne hätte ich Lennerts Arm um meine Schultern gespürt. Noch einmal drehe ich mich zu ihm um, in der Hoffnung, dass er sich mittlerweile von der Sängerin verabschiedet hat. Doch weit gefehlt: Seine Hand fährt gerade ihren Rücken hinab und bleibt auf ihrer Hüfte liegen.

Ich kann den Anblick nicht länger ertragen und renne davon. Nico ruft mir noch hinterher, aber ich will nur weg.

»Stella«, hält mich Mara auf, als ich auf den Hof hinausstürme. »Alles okay?«

Ich stoppe und hole erst mal tief Luft. Mist, dass Emily gerade ihre Probe hat, sonst könnte ich mit ihr reden. Mara möchte ich mich lieber nicht anvertrauen. So gut kenne ich sie nicht, und sie weiß auch gar nichts davon, dass ich in Lennert verliebt bin. »Ja, alles in Ordnung«, sage ich daher nur. »Ich schaue noch mal beim Kuchenverkauf vorbei. Bis später!«

Die stumpfe Arbeit des Kassierens – »50 Cent das Kuchenstück« – hilft mir, den Kopf wieder freizukriegen. Was würde Emily mir in der Situation raten? Wahrscheinlich würde sie sagen, dass es gar keine Rolle spielt, was ich da gerade gesehen habe. Wichtig ist nur, dass ich heute ein gutes Interview mit ihm führe. Und vielleicht kann ich dabei rausfinden, was zwischen ihm und dieser Sängerin läuft. Vielleicht ist alles ganz harmlos.

20

DIE THEATERAUFFÜHRUNG geht um fünf Uhr los, also habe ich noch eine Stunde Zeit. Ich mache mich auf die Suche nach Emily, der ich noch viel Glück wünschen möchte. Außerdem sollte ich Max kennenlernen, auch wenn ich mir gerade wirklich Schöneres vorstellen kann, als mich mit einem verliebten Paar zu treffen. Doch Emily wäre sicher enttäuscht, wenn ich nicht auftauche.

Vor der Aula ist es ziemlich voll, aber ich finde Emily schnell. Sie trägt bereits ihr Kostüm und zupft an der Perlenkette, die um ihren Hals hängt. Als sie mich sieht, umarmt sie mich sofort. »Stella, toll, dass du noch mal vorbeigekommen bist!«

Obwohl ich ihr so gerne von Lennert und der Sängerin erzählen würde, weiß ich, dass jetzt nicht der richtige Zeitpunkt ist. »Ist Max schon da?«, frage ich und sehe mich suchend um.

»Nein, er verspätet sich leider. Vermutlich wird er den Anfang der Aufführung verpassen. Aber meine Eltern sind da und Oma und Opa auch.«

Während Emily erzählt, wie aufgeregt sie ist, halte ich nach Lennert Ausschau. Allerdings tauchen nur Nico und Bendix zwischen den Gästen auf.

Die Theateraufführung ist ganz schön schnarchig, was nicht an den Schülern, sondern am Stück liegt. Emily macht ihre Sache richtig gut, auch wenn ihre Rolle nur klein ist. Von meinem Platz aus beobachte ich, wie sich ein Junge zu ihrer Familie setzt, vermutlich Max.

Nach der Aufführung lerne ich ihn kurz kennen und finde ihn ganz nett. Dennoch ist der Anblick von Emily, die mit einem Jungen Händchen hält, irgendwie verstörend. Vielleicht liegt das aber auch nur an meiner gedämpften Stimmung.

Zum Glück bleibt nicht viel Zeit, denn nach einer kurzen Pause hält unser Rektor eine Rede und danach der Bezirksbürgermeister. Im Anschluss singt der Chor, und dann, endlich, tritt *Next Door* auf. Ich frage den Schüler am Mischpult, ob das mit der Aufnahme klappt, und gehe dann zur Bühne. Auf dem Weg treffe ich Linda, die gerade mit ihren Freundinnen demonstrativ die Aula verlässt. Statt zu grüßen, wirft sie mir nur einen unterkühlten Blick zu.

Ich bleibe ganz vorne an der Seite stehen, um alles gut sehen zu können. Schließlich arbeite ich ja.

Schon als die Jungs die Bühne betreten, tobt die Aula. Die mitgebrachten Eltern und Großeltern schauen sich verwundert um, und als die ersten – zugegebenermaßen wirklich lauten – Töne erklingen, verlassen ein paar ältere Herrschaften den Raum. »Da überlasse ich lieber euch jungen Leuten das Feld«, sagt eine Frau, die sich an mir vorbeischiebt und mir dabei liebevoll auf die Schulter klopft.

Die Jungs veranstalten eine super Show. Lennert gibt sich richtig popstarmäßig und tanzt auf der Bühne auf und ab. Ole liefert ein großartiges Schlagzeugsolo ab, und Bendix spielt die Gitarre, als wäre er Jimi Hendrix persönlich. Nur Nico hält sich mit seiner Bassgitarre dezent im Hintergrund. Es ist wirklich verblüffend, wie unterschiedlich die beiden Brüder sind.

Die Stimmung jedenfalls ist bombastisch. Mittlerweile kennen die Schüler die Lieder der Band auswendig und singen lauthals mit. Auch ich stimme immer wieder mit ein und bekomme doch noch gute Laune. Nach fünf Songs wollen die Jungs aufhören, aber die ganze Aula brüllt: »Zugabe! Zugabe!«

Lennert grinst über das ganze Gesicht und hält sich immer wieder die Hand ans Ohr, als würde er nicht verstehen, was das Publikum von ihm will. Und so werden die Rufe immer lauter und die Stimmung immer besser. Als Lennert schließlich Ole ein Zeichen gibt und der seine Drumsticks durch die Luft wirbelt, um kurz darauf den Song *Sommerregen* anzustimmen, bebt die Aula. Ich glaube, so eine Party hat unsere Schule in ihren hundert Jahren noch nicht erlebt.

Nachdem sie auch noch *Superheld* performt haben, betritt unser Rektor die Bühne und kündigt den DJ und die abschließende Party an. Sofort ertönen die ersten Töne von *David Guettas* neuem Dancesong. Einige Gäste beginnen, die Stühle aufeinanderzustapeln und an den Rand zu stellen, und dann wird getanzt. Ich sehe in die glücklichen Gesichter meiner Mitschüler und fühle mich richtig gut. Den Anblick von Lennert mit der Tänzerin im Arm habe ich aus meinem Kopf verbannt. Emily und Max gesellen sich kurz zu mir, aber ich deute auf die Bühne und erkläre ihnen, dass ich noch arbeiten muss. Aufgeregt drückt Emily mir die Hand. »Komm danach gleich zu mir, ja?«, bittet sie mich, und dann flitze ich hinter die Bühne, um die Jungs abzufangen.

Der Raum hinter der Bühne ist klein, dunkel und vollgestellt mit Requisiten der Theater-AG, Mikroständern und anderem technischen Kram. Irgendwo dazwischen stehen die Jungs im Kreis, und ich lausche erst mal ihrem Gespräch, bevor ich auf mich aufmerksam mache.

»Das war so geil!«, ruft Bendix, der noch immer seine Gitarre um den Hals trägt.

»Beste Show ever!«, stimmt Ole mit ein.

Siegessicher hebt Lennert die Arme in die Luft. »Yeah!«

Automatisch verzieht sich mein Mund zu einem Grinsen, doch das Lachen bleibt mir sogleich im Halse stecken. Denn schon wieder hat Lennert seinen rechten Arm um die braunhaarige Backgroundsängerin gelegt. »Ihr habt das auch echt super gemacht!«, schwärmt er und rückt mit dem Kopf verdächtig nahe an sie ran.

Es ist Zeit, diesem Schauspiel ein Ende zu setzen. Ich räuspere mich lautstark, und alle drehen sich zu mir um.

»Hi«, sage ich und hole das Mikro aus meiner Tasche. »Das Interview, ihr erinnert euch?« Ich winke mit dem Gerät.

»Oh Mann!«, entfährt es Ole, und er sieht richtig genervt aus.

Lennert verzieht den Mundwinkel. »Ach ja.« Er sieht aus, als würde ihm das Interview Schmerzen bereiten. »Können wir das nächste Woche machen? Jetzt ist echt schlecht.« Er zieht die Sängerin noch enger an sich heran und wirft ihr einen Blick zu, der nun wiederum mir Schmerzen bereitet.

Mein Herz krampft sich zusammen, und ich stöhne leicht auf. Ich kann nichts sagen. Es kommt einfach nichts aus meinem Mund heraus.

»Wie wär's denn Montag in der Pause? Ich hab jetzt noch einen wichtigen Termin. Sorry«, erklärt Lennert breit grinsend und wendet sich ab.

Auch Ole und Bendix drehen mir den Rücken zu – Bendix, um seine Gitarre zu verstauen, und Ole, um sich die blonde Sängerin zu schnappen.

»Ihr habt es mir doch versprochen«, versuche ich es noch mal.

»Wir holen das nach, keine Sorge«, meint Lennert ganz entspannt und fummelt der Braunhaarigen einfach weiter am Nacken herum. Nun umarmt er sie, um sie auch noch direkt vor meinen Augen zu küssen. Wie versteinert stehe ich da. Mein Herz zerspringt in tausend Teile, und ich fühle mich leer und traurig. Unendlich traurig.

»Hey, ich könnte dir das Interview geben«, sagt Nico, der als Einziger neben mir stehen geblieben ist.

Langsam bewege ich meinen Kopf in seine Richtung. Ob er in meinen Augen ablesen kann, dass mein Herz gebrochen ist? Ausdruckslos blicke ich ihn an. In meinem Gesicht regt sich nichts mehr.

»Ich weiß, ich bin natürlich nicht der umjubelte Star der Band, aber besser als gar kein Interview, oder?«, fährt Nico fort, doch ich schüttele nur den Kopf. »Oh«, macht er, und ich sehe, dass ihn meine Abfuhr getroffen hat. »Dann warten wir damit bis Montag?«

Ich beiße mir auf die Innenseite meiner Wange und presse

ein »Montag sollte der Beitrag fertig sein« hervor. Erst jetzt begreife ich, dass nicht nur mein kleines Herz zerstört ist, sondern auch mein Beitrag. Ich spüre, wie mir die Tränen in die Augen schießen. Nicht weinen, Stella, nicht weinen, ermahne ich mich. Das wäre das Peinlichste überhaupt. Doch die Tränen sind nicht aufzuhalten, also drehe ich mich um und laufe davon.

»Stella, warte doch mal«, höre ich Nico hinter mir, aber ich bleibe nicht stehen. Ich verlasse den Raum, drücke mich am Rand der Bühne entlang und renne aus der Aula heraus, in der die anderen gerade eine ausgelassene Party feiern. Nein, ich will das alles nicht sehen, ich will nur noch nach Hause in mein Bett. Nichts mehr sehen, nichts mehr hören, nur in dem tiefen See der Traurigkeit versinken.

21

NOCH AM ABEND piepst mein Handy ein paarmal. Es ist Emily, die sich wundert, wo ich bin, und mir mehrere SMS schickt. Dann kommt eine SMS von einer Nummer, die ich nicht kenne: Bitte meld dich, wenn du Hilfe brauchst. N. Nico? Keine Ahnung. Wo hat der denn meine Nummer her? Mir auch egal. Die blöde Band kann mich mal gernhaben. Das Schulradio auch. Und Lennert sowieso.

Ich schlafe schlecht. Stundenlang werfe ich mich im Bett hin und her. Immer wieder taucht das Bild von Lennert und der Braunhaarigen vor meinen Augen auf, und immer wieder trifft mich die Erkenntnis: Er will mich nicht. Er will mich nicht. Er will mich nicht. Irgendwo zwischen Tränen und Flüchen, zwischen Wut und Verzweiflung schlafe ich dann doch ein, um am nächsten Morgen völlig gerädert aufzuwachen.

Noch bevor ich dusche, schreibe ich Emily eine SMS, dass mein Interview schiefgelaufen ist und dass ich mich später melde. Dann hole ich mir aus der Küche einen Tee und einen Toast und verziehe mich wieder ins Bett. Mama und Papa kommen abwechselnd zu mir und fragen, ob alles okay sei. Aber mir ist nicht nach Reden. Ich will nur Trübsal blasen.

Zum Glück lassen die beiden mich schnell in Ruhe, und ich kann meinen düsteren Gedanken nachhängen. Lennert küsst lieber eine andere, und der Beitrag ist auch nichts geworden. Wie soll ich Linda am Montag nur unter die Augen treten?

Gut, ich kann das Interview nachholen, aber das ist einfach nicht dasselbe. Zumal ich doch den fertigen Beitrag präsentieren wollte. Siedend heiß fällt mir ein, dass ich Nicos Rekorder gar nicht beim Tonmann abgeholt habe, weil ich so überstürzt abgehauen bin. Ich hoffe, Nico hat ihn wieder mitgenommen. Nicht dass der abhandengekommen ist.

Verdammt! Noch einmal schnappe ich mir mein Handy und betrachte die SMS, die ich gestern von der mir unbekannten Nummer bekommen habe. Sie kann nur von Nico sein, also schreibe ich ihm kurz zurück: *Es ist mir total peinlich, aber ich habe deinen Rekorder gestern vergessen. Ich hoffe, du hast ihn mitgenommen?! Tut mir sooo leid, Stella.*

Sekunden später klingelt mein Handy. »Ja?« Meine Stimme klingt ganz rau nach der Nacht.

»Hi, hier ist Nico. Keine Sorge, ich habe den Rekorder.«

Ich atme auf. »Ein Glück! Tut mir leid, dass ich nicht dran gedacht habe.«

»Halb so wild. Ich kann dir die Aufnahme vorbeibringen.«

Ich ziehe mir die Bettdecke hoch bis unters Kinn. »Oh, ich weiß nicht. Ich schneide den Beitrag ja eh nicht heute.« Es fällt mir schwer, meinen Frust zu verbergen. Vermutlich klinge ich viel zu vorwurfsvoll. Dabei war er der Einzige, der sich überhaupt um mich gekümmert hat.

»Tja, das ist gründlich schiefgelaufen gestern. Die Jungs waren, nun ja, etwas abgelenkt.«

»Allerdings.« Ich schlucke. »Aber danke, dass du mir helfen wolltest.«

»Klar. Pass auf, ich bring dir den Mitschnitt vorbei, bin ohnehin gerade um die Ecke. Und dann überlegen wir, ob wir deinen Beitrag noch retten können.«

»Äh, nein«, sage ich noch, doch schon tutet es an meinem Ohr. Ich will diese blöde Aufnahme nicht. Ich will auch Nico nicht sehen. Und er soll mich in meinem lädierten Zustand schon mal gar nicht sehen! Ich habe mir noch nicht mal die Zähne geputzt. Ist er jetzt wirklich auf dem Weg zu mir? Woher weiß er eigentlich, wo ich wohne? Und woher hat er meine Handynummer? Mein Gehirn, das eigentlich viel zu müde zum Denken ist, fährt plötzlich Karussell.

Ich springe aus dem Bett, reiße Klamotten aus meinem Schrank und werfe meinen uralten Mickey-Mouse-Pyjama hinters Bett. Dann stürme ich ins Bad, wasche mein Gesicht mit eiskaltem Wasser, zwirbele meine Haare hoch und habe gerade meine Zahnbürste in der Hand, als es auch schon klingelt. Während ich so schnell bürste, wie ich kann, klopft meine Mutter bereits an die Badezimmertür. »Es ist für dich, Stellchen.«

Ich spüle aus und reiße dann die Tür auf. »Komme.«

»Es ist ein Junge!« Mama sieht mich verschwörerisch an. »Ich habe ihn in dein Zimmer geschickt.« Ihr Blick löchert mich mit Fragen.

Ich rolle mit den Augen. »Es geht hier nur um Arbeit, okay?«

Mama schmunzelt und verzieht sich dann.

In meinem Zimmer sitzt Nico. Auf meinem Bett. Er ist der erste Junge, der auf meinem Bett sitzt. Wenn man von meinem dreijährigen Cousin Oskar mal absieht, der uns alle zwei Wochen besucht und dann immer Schokoflecken auf meiner Decke hinterlässt.

»Hi«, sage ich, und Nico steht auf.

»Guten … ähm … Morgen!« Er lächelt mich an und hält mir dann seinen MP3-Rekorder entgegen.

Du meine Güte, sieht man mir an, dass ich eben erst aufgestanden bin?

»Du warst so schnell weg gestern …«

Kurz frage ich mich, wie mein Abgang auf ihn gewirkt haben muss. Damit er nicht auf falsche Gedanken kommt, sage ich: »Ja, sorry, aber ich war so wütend, dass das mit dem Interview nicht geklappt hat.«

Er nickt. »Verstehe.«

Ich nehme ihm den Rekorder ab. »Danke fürs Vorbeibringen. Vielleicht kann ich ja schon mal damit anfangen, ein paar Songs für meinen Beitrag zu schneiden.« Totaler Quatsch natürlich. Als würde die Musik alleine ausreichen …

»Oh, du schneidest den Beitrag selbst?« In seinem Blick liegt eine Spur von Bewunderung.

Ich nicke. »Ja, ich wollte ihn eigentlich Montag fertig mitbringen. Na ja, daraus wird nun nichts.« Verlegen drehe ich den Rekorder in meiner Hand hin und her, schließlich lege ich ihn auf meinem Schreibtisch ab.

»Das tut mir echt leid«, sagt Nico. »Wie gesagt, ich kann dir gerne ein paar Fragen beantworten.«

»Das ist lieb. Wirklich. Nur leider befürchte ich, dass die Leute auch deinen Bruder hören wollen.«

Nicos Blick wandert umher. »Verstehe. Klar.«

Unschlüssig stehen wir im Zimmer rum. Wieso geht er denn jetzt nicht wieder?

»Tja, also … was meinst du, wann wir das am Montag machen können?«, frage ich, als er immer noch keine Anstalten macht, abzuhauen. Nebenbei beginne ich, meine Schulsachen ordentlich aufeinanderzustapeln. In dem Moment entdecke ich, dass eine lilafarbene Unterhose aus meinem Kleiderschrank gefallen ist und sich zwischen den Schranktüren verfangen hat. Mist. Während Nico viel zu lange aus dem Fenster schaut, gehe ich zum Schrank und schiebe die Hose so unauffällig wie möglich zurück. Ich glaube, es ist ihm nicht aufgefallen, denn er sieht noch immer nach draußen.

»Ich könnte Lenn auch anrufen«, sagt er nun und wendet sich mir wieder zu.

»Was?« Warum um Gottes willen will er denn jetzt seinen Bruder anrufen?

»Ich glaube, er hat heute Zeit.« Seine braunen Augen ruhen viel zu lange auf mir. Fragend verziehe ich mein Gesicht, und er fährt fort: »Dann könntest du das Interview mit ihm führen … und mit mir, vielleicht.« Er blickt zu Boden, und mir fällt wieder ein, wie unhöflich ich ihn gestern abgewimmelt habe. Dabei ist er der Einzige in der Band, der sich darum kümmert, dass aus diesem Beitrag etwas wird. Und aus dem Beitrag könnte tatsächlich noch was werden! Sollte Lennert sich mit mir treffen, würde ich das bestimmt noch hinkriegen mit dem Schnitt und hätte Montag den fertigen Beitrag.

»Meinst du, das geht?«, frage ich noch mal nach.

Doch Nico greift schon zum Handy, tippt darauf herum und lächelt mir aufmunternd zu. »Hi«, sagt er kurz darauf, und mein Herz fängt an zu pochen. »Du, gestern hat das mit dem Interview ja nicht geklappt. Können wir das heute nachholen? … Nee, Montag ist zu spät … Dauert nicht lange.« Er schaut mich an, und ich schüttele den Kopf. »Ich hab noch was gut bei dir.« Plötzlich dreht er sich von mir weg. »Ja … Nein … Ganz genau.«

Ich habe keine Ahnung, was die beiden da reden, aber Nicos Tonfall ist auf einmal viel kühler als sonst.

»Okay. Dann um vier. Jepp. Ciao.« Er legt auf und schiebt das Handy in seine Hosentasche.

»Also, um vier in der Eisdiele.«

»Wow! Das ist … echt super, danke!« Am liebsten würde ich ihn umarmen, aber das mache ich natürlich nicht. Stattdessen werfe ich einen Blick auf die Uhr und stelle fest, dass wir bis dahin noch über eine Stunde Zeit haben. »Gehst du vorher noch mal nach Hause?«, frage ich. Und weil ich es so wahnsinnig nett finde, was er da gerade für mich tut, biete ich an: »Du kannst auch hierbleiben, und dann gehen wir zusammen zur Eisdiele.«

»Aber nur, wenn es dir recht ist«, antwortet er und sieht mich unsicher an.

»Ja, klar.« Zwar hätte ich gerne noch die Spuren der Horrornacht kaschiert, aber ich will auch nicht unhöflich sein.

»Cool.« Nico kratzt sich verlegen am Hinterkopf.

Was machen wir denn jetzt eine ganze Stunde lang? Krampfhaft überlege ich, was ich ihn fragen könnte, aber mir will nichts Kluges einfallen.

»Hey, super Scheibe!« Nico hat die *News of the World*-Platte von *Queen* entdeckt, die ich mir von Papa geliehen habe und die nach meiner Aufräumaktion aufrecht im Regal neben dem Bett steht. »Wusstest du, dass die *Sex Pistols* zur gleichen Zeit im selben Studio ihr Album *Never Mind the Bollocks* aufgenommen haben?«

Ich schüttele den Kopf.

»Aber das Album kennst du?«, fragt Nico nun. »Ich kann's dir mal leihen. Absolute Skandalscheibe und ein Meilenstein für den Punk.«

»Oh«, mache ich. Das wusste ich nicht, und die Platte haben wir auch nicht, soweit ich mich erinnere. »Ja, gerne!«

Und dann setzt sich Nico wieder auf mein Bett und erzählt mir eine Stunde lang alles, was er über britische Musik weiß, von den Beatles bis heute. Ich bin beeindruckt von seinem Wissen und finde es toll, dass noch jemand außer mir etwas mit Musik anfangen kann, die zu einer Zeit gespielt wurde, als an *Lady Gaga* noch nicht mal zu denken war. Normalerweise ernte ich ja nur fragende Blicke, aber Nico ist da voll auf meiner Wellenlänge und kennt so viele Bands, von denen ich noch nie gehört habe. Papa und er könnten vermutlich stundenlang fachsimpeln.

Die Zeit verfliegt nur so, und als ich das nächste Mal auf die Uhr sehe, ist es bereits kurz vor vier. »Wir müssen los«, unterbreche ich Nico, der gerade von den *Dire Straits* und ihrem Song *Money for Nothing* schwärmt.

»Oh, schade!« Er sieht direkt ein wenig traurig aus.

»Wir können ja ein anderes Mal über die Platte reden«, schlage ich vor, und er nickt.

»Gerne.« Seine Stimme klingt dabei ganz sanft.

»Woher weißt du das alles?«, frage ich, während ich im

Spiegel so unauffällig wie möglich mein Aussehen prüfe. Hm, es wäre wohl besser gewesen, das sein zu lassen. Heute ist da nichts zu retten.

»Ich lese viel darüber. Und im Fernsehen gab es mal eine super Musikdoku«, erwidert er, während ich meine Tasche mit dem Mikrofon packe.

22

DIE EISDIELE ist nicht weit von unserer Wohnung entfernt, trotzdem verspäten wir uns um zehn Minuten. Mist! Ich sehe Lennert schon von Weitem. Die Sonne lacht vom Himmel, und er sitzt draußen unter einem riesigen rot-weiß gestreiften Schirm. Er wirkt etwas genervt. Doppelter Mist! Das sind nicht gerade die besten Voraussetzungen. Ich atme tief durch und versuche, mich nicht verrückt zu machen.

Als Lennert uns sieht, steht er auf und hebt die Hand zum Gruß. Er wirft Nico einen vielsagenden Blick zu. »Nocki! So ist das also …« Dann mustert er mich, und ich fühle mich schlagartig wie ein Stück Butter, das zu lange in der Sonne gelegen hat. Unsicher drehe ich mich zu Nico, der ganz rote Ohren bekommen hat und irgendwie ein wenig grimmig guckt.

»Sollen wir loslegen?«, beendet er die peinliche Stille.

Ganz leicht legt Lennert mir seinen Arm um die Schultern und schiebt mich zu dem Tisch, an dem er eben gesessen hat. Mein Herz, das gestern noch in tausend Stücke zerbrochen war, pocht auf einmal wie verrückt. Lennerts Nähe macht mich total nervös. Er ist mir so nah, dass mir sein Duft in die Nase steigt.

Der Stuhl rettet mich. Als ich sitze, hole ich erst mal tief Luft. Während ich umständlich meine Aufzeichnungen und das Aufnahmegerät heraushole, werfen sich Nico und Lennert immer wieder Blicke zu, die ich aber nicht deuten kann. Ich bin noch ganz benebelt von dem Geruch von Lennerts Duschgel. Was ist das für eins? Morgen muss ich sofort in die Drogerie und es mir kaufen, damit ich den Duft immer in der Nase haben kann. Oje, ich kann keinen klaren Gedanken mehr fassen. Unter dem Tisch zwicke ich mir in den Oberschenkel, damit ich wieder zu Sinnen komme.

»Okay«, ich stelle das Mikro auf den Tisch, »also, ich hab ein paar Fragen an dich … ähm … euch.«

»Dann schieß mal los! Hey, und sorry, dass das gestern nicht geklappt hat.« Lennert hat seinen Kopf auf die Hände gestützt und schaut mich lange an. Mir wird ganz warm.

Ich blättere durch meine Aufzeichnungen. »Kein Problem.« Das stimmt natürlich nicht. Dennoch schiebe ich die Wut von gestern ganz weit weg und frage so professionell wie möglich: »Seit wann macht ihr zusammen Musik?«

»Das fing schon recht früh an …«, beginnt Lennert, doch Nico unterbricht ihn. »Läuft dein Aufnahmegerät, Stella?«

»Hm?« Irritiert sehe ich ihn an. »Ach so, ja. Danke, das hätte ich beinahe vergessen.« Ich greife nach dem kleinen schwarzen Kasten und drücke die Rec-Taste. Wie peinlich.

»Denkt immer an alles, der Nocki«, sagt Lennert und wirft Nico einen Seitenblick zu. Der macht ein grimmiges Gesicht. Zwischen den beiden kocht die Luft.

»Gut, also noch mal. Seit wann macht ihr zusammen Musik?«, starte ich erneut.

»Als Nico noch in die Windel geschissen hat, habe ich von unserem Vater schon Gitarrenunterricht bekommen«, antwortet Lennert und grinst bis über beide Ohren. Nicos Unterkiefer verhärtet sich, er sagt aber nichts. Ich beschließe spontan, diese Antwort rauszuschneiden. »Tja, dann kam mit sieben Jahren Klavier dazu und später ein wenig Schlagzeug. Ich bin also mit Musik aufgewachsen. In der Schule habe ich dann Ole und Bendix kennengelernt. Das war so vor drei Jahren. Uns war relativ schnell klar, dass wir zusammen Musik machen wollen. Da Ole der bessere Schlagzeuger ist und Bendix der bessere Gitarrist, blieb für mich nur der Gesang.« Lennert lacht laut auf.

»Und Nico?«, frage ich.

»Der kam als Letztes dazu. Uns fehlte ein Bassist. Tja, und dann ging es los mit den ersten Auftritten …«, erzählt Lennert.

»Außerdem schreibe ich die meisten Songs für die Band«, fällt ihm Nico ins Wort. »Das hast du vergessen zu erwähnen, Lenn.« Nico trommelt mit Zeige- und Mittelfinger auf den Tisch.

»Na klar. Aber unseren größten Hit *Lost in the Dark* habe ich geschrieben.«

Es hat ein wenig was von einem Hahnenkampf, was hier vor meinen Augen abgeht. Ich versuche, mich nicht aus dem Konzept bringen zu lassen, und stelle der Reihe nach meine Fragen.

»Und was bedeutet der Name *Next Door*?«

Wieder ist es Lennert, der als Erster das Wort ergreift. »Ach, die Idee kam mir nachts, als ich nicht schlafen konnte. Ich habe mir vorgestellt, dass ich in einem riesigen Haus bin mit lauter Türen. Hinter jeder Tür verbirgt sich eine andere Geschichte, eine neue Möglichkeit. Und je nachdem, für welche Tür du dich entscheidest, wird sich dein Leben ändern. Bei der nächsten Tür, die du öffnest, kann aber alles wieder eine komplett andere Richtung nehmen.« Lennert sieht mich lange an, bis ich in seinen Augen versinke. »Und vielleicht«, fährt er fort, wendet den Blick aber nicht ab, »öffnet sich die nächste Tür schneller, als man denkt.«

Am liebsten würde ich wegschauen, aber ich zwinge mich, seinem Blick standzuhalten, weil es eigentlich total schön ist, ihn so lange zu betrachten und selber auch so lange angeschaut zu werden.

Nicos Räuspern reißt uns schließlich aus diesem Moment. Er hat sich den Plastikaufsteller mit dem Eisbecherangebot geschnappt und verbiegt ihn in den Händen. »Sollten wir noch über den Wettbewerb reden?«, fragt er, und ich sehe, dass seine Halsschlagader pulsiert. Der Plastikaufsteller macht laut *knack* und hat nun einen fetten Sprung über dem Erdbeerbecher.

»Ja, klar«, erwidere ich fahrig. »Darauf wollte ich als Nächstes zu sprechen kommen.« Lennert hat den Blick noch immer nicht von mir abgewendet. Unter dem Tisch spüre ich auf einmal, dass sein Knie ganz leicht meins berührt. Mit aufgerissenen Augen schaue ich ihn an, und Lennert zwinkert mir zu. Plötzlich fühle ich mich, als müsste ich vor Freude, Aufregung und Glück zerspringen. Ich bin vierzehn und habe keine große Ahnung von Jungen, aber so viel weiß ich: Lennert flirtet mit mir! Ich verstehe die Welt nicht mehr. Mir schießen die Bilder von gestern Abend durch den Kopf, doch ich schiebe sie schnell wieder beiseite.

Irgendwie schaffe ich es, die letzten drei Fragen zu stellen und das Interview dann zu beenden. Ich kann nicht mehr, bin emotional viel zu aufgewühlt, um hier mit den beiden zu sitzen. Mein Herz braucht dringend eine Pause.

»Super, vielen Dank, dass ihr euch Zeit genommen habt«, sage ich und packe meine Sachen zusammen.

Lennert lächelt mich obersüß an. »Kein Problem. Ich muss jetzt leider auch los.« Leider? Er hat *leider* gesagt! Als täte es ihm leid, dass er gehen muss. Was ist denn hier passiert? Zum Abschied drückt er mir sanft die Schulter. Mir bleibt der Mund offen stehen wegen dieser Berührung. »Nocki, kommst du mit?«

Nico schüttelt den Kopf. »Ich bleibe noch kurz. Ciao!« Demonstrativ dreht er sich um und schaut mir ins Gesicht.

Ich winke Lennert, der sich mit der Hand durch die Haare fährt, lacht und dann abdreht. Dabei ruft er noch: »Und Nocki, denk dran, Opa hat heute Geburtstag. Vergiss das Abendessen nicht!«

»Pah!« Nico verschränkt die Arme vor der Brust.

Ich schwebe noch immer auf Wolke sieben und will nur nach Hause, um mit Emily zu reden und ihr alles brühwarm zu erzählen. Nico sagt irgendwas, aber ich höre es nicht. Also mache ich nur geistesabwesend »Hm?« und blicke Lennert hinterher, bis er um die Ecke verschwunden ist.

»Ach, schon gut.« Nico reibt sich die Schläfen und atmet einmal tief durch. »Ich könnte dir beim Zusammenschneiden helfen.«

Nur ungern erwache ich aus meiner Trance. »Oh, danke, aber du musst doch auch los, oder nicht?«

Nico nickt. »Ja, aber ich könnte auch später gehen. Oder wir treffen uns morgen.«

Unschlüssig trete ich von einem Bein aufs andere. »Ich weiß nicht. Keine Ahnung, wann ich das mache.« Eigentlich möchte ich gar nicht reden. Das holt mich viel zu schnell auf den Erdboden zurück.

»Okay«, sagt Nico langsam. »Du hast meine Nummer, oder? Wenn du Hilfe brauchst, meld dich, ja?«

»Klar.« Ich lächele ihn an und merke, wie meine Augen immer wieder in die Ferne schweifen. »Klar.«

»Gut … dann … gehe ich jetzt.« Er wartet kurz, und als ich nicht reagiere, verabschiedet er sich.

»Ciao«, rufe ich ihm hinterher. »Und danke!«

Nico dreht sich noch mal um und winkt. Irgendwas ist komisch an seinem Gesichtsausdruck, aber egal. Ich will endlich nach Hause schweben und Emily alles haarklein erzählen.

23

GANZ SELIG BIN ICH, als ich am nächsten Morgen erwache. Doch irgendwann überkommt mich auch ein wenig das schlechte Gewissen. Ich habe Nico ganz schön abserviert gestern. Dabei habe ich ihm so viel zu verdanken. Ohne ihn hätte das Interview nie stattgefunden. Und dann hat er mir auch noch seine Hilfe beim Schnitt angeboten. Ich habe nicht mal darauf reagiert, dabei war es wirklich nett von ihm. Also schicke ich ihm eine SMS, obwohl es erst kurz vor neun ist: Tausend Dank noch mal für gestern! Setze mich gleich an den Computer.

Keine zwei Minuten später erhalte ich eine Antwort: Kein Problem, gerne. Hab nix vor heute, könnte dir helfen.

Ich weiß gar nicht, ob ich mir helfen lassen möchte, denn es soll ja mein Beitrag werden. Aber ich will Nico auch nicht laufend vor den Kopf stoßen, zumal er so nett zu mir ist. Ich überlege kurz, dann schreibe ich: Wenn du Lust hast, gerne.

Sekunden später blinkt die nächste SMS von Nico auf. Cool. Bin um 2 da. :-)

Ich atme auf. Wenn wir uns erst um zwei treffen, habe ich noch fünf Stunden Zeit, mit dem Beitrag anzufangen. Schnell husche ich ins Bad, hole mir ein Müsli aus der Küche und starte den Rechner. Nachdem ich das Interview und die Musik vom Auftritt auf den Rechner gezogen habe – und die Wartezeit mit Lennert-Träumereien überbrückt habe –, lege ich los. Das Interview spule ich gleich dreimal hintereinander ab und suche mir die besten Stellen raus. In den Konzertmitschnitt höre ich nur einmal kurz rein, beschließe aber schnell, zu warten, bis Nico da ist, damit er nicht umsonst kommt.

Nach und nach zerlege ich also Lennerts und Nicos Antworten in kleine Fragmente, die ich auf der Timeline des Schnittprogramms hin und her schiebe. Die Zeit rast. Meine Mutter klopft irgendwann an die Tür, weil ich nicht gehört habe, dass sie mich zum Mittagessen gerufen hat. Natürlich besteht sie darauf, dass ich was esse, also haste ich zu meinen Eltern in die Küche und schlinge den Sonntagsbraten in Windeseile herunter.

»Lecker, oder?«, fragt Mama, und ich nicke mit vollen Backen.

»Das ist ein neues provenzalisches Rezept«, erklärt Papa stolz, der an den Wochenenden gerne mal kocht.

»Voll gut«, antworte ich schmatzend. »Ich hab's aber eilig. Der Beitrag, ihr wisst doch. Nico kommt nachher noch.«

»Ach, der nette Junge von gestern?« Mama sieht mich neugierig an. »Ist das … ähm … dein Freund?«

»Hä? Nein!« Beinahe wäre mir die kleine Kartoffel aus dem Mund gefallen. Entrüstet schüttele ich den Kopf, verputze die letzten drei Bissen und verzichte freiwillig auf den Nachtisch. Irgendein Kirschkuchen – auch aus der Provence. Offenbar sind hier die französischen Wochen ausgebrochen – oh, là, là …

»Vielleicht später«, sage ich noch schnell und verziehe mich wieder in mein Zimmer. Noch eine knappe Stunde, bis Nico vor der Tür steht. Bis dahin will ich den Text fertig haben, damit wir nur noch die Musik drunterlegen müssen. Juliane skypt mich kurz an, um zu fragen, wie es läuft, und ich verspreche ihr, den Beitrag nachher zu mailen.

Ruck, zuck ist es zwei, ich bin mit dem Text fertig, und es klingelt. Zum Glück sind Mama und Papa spazieren gegangen, sodass niemand außer mir die Tür öffnen kann. Und weder Nico noch ich ernten neugierige Blicke. Als gäbe es da was zu sehen, echt mal.

»Hi«, begrüße ich ihn.

»Hi!« Nico fährt sich durch die wuscheligen Haare und folgt mir in mein Zimmer.

»Ich bin schon richtig weit gekommen.« Stolz deute ich auf den Monitor, auf dem das Schnittprogramm geöffnet ist.

»Kann ich es schon anhören?«, fragt Nico und setzt sich an meinen Schreibtisch.

»Klar.« Da er jetzt auf meinem Stuhl sitzt, muss ich mich umständlich über ihn beugen, um den Beitrag zu starten. Unsere Arme streifen sich, was mir etwas peinlich ist. »Ich hole schnell einen zweiten Stuhl«, sage ich und laufe in die Küche.

Als der Beitrag zu Ende ist, nickt Nico mir anerkennend zu. »Gut gemacht.«

Meine Ohren glühen. »Danke!«

»Wir könnten noch etwas Musik drunterlegen. Ein Soundbett, weißt du. Und am Ende dann in einen unserer Songs überblenden. Darf ich?« Ich nicke, und er schnappt sich die Maus und betrachtet suchend den Monitor. »Ah, da sind die

Tracks.« Er hört in einen Song rein, schiebt den Track in eine neue Tonspur, passt die Lautstärke an, schiebt den Pegel mal nach oben, mal nach unten, und innerhalb von wenigen Minuten präsentiert er mir meinen Beitrag mit Musikuntermalung. Hier und da passt es noch nicht, aber in Windeseile behebt Nico die unschönen Stellen. Ich bin ein wenig beschämt, weil es bei ihm alles so schnell geht und ich fünf Stunden gebraucht habe, um nur die Interviewteile zu schneiden.

»Warum kannst du das so gut?«, frage ich kleinlaut.

Er zuckt mit der Schulter. »Ich schneide oft unsere Demobänder zusammen.«

»Oh«, mache ich. »War das Demoband, das Lennert und Ole beim AMC-Brunch dabeihatten, auch von dir?« Ich erinnere mich daran, wie Lennert getönt hat, dass er am Abend zuvor noch lange an dem Band saß.

Nico schaut nicht auf. »Klar.«

Das irritiert mich, ich sage aber erst mal nichts dazu. Vielleicht habe ich da auch was falsch verstanden. Doch ich kann nichts dagegen tun, dass Lennert sofort wieder in meinem Kopf rumspukt. Der Tag gestern war einfach so emotional. Während Nico weiter an der Musikspur herumbastelt, tue ich so, als würde ich ihm interessiert zusehen, aber eigentlich träume ich vor mich hin. Von Lennert, ist doch klar.

»Alles okay?«, fragt Nico irgendwann und sieht mich von der Seite an.

Erschrocken fahre ich aus meinem Tagtraum hoch. »Ja, sicher. Das klingt super so. Toll, dass du mir hilfst.«

»Gerne.« Er blickt nicht auf, sondern tippt weiter auf der Tastatur herum.

Mir fallen mehrere Situationen ein, wo zwischen Lennert und Nico dicke Luft herrschte. Ich räuspere mich. »Ähm …«

»Ja?« Noch immer sieht er nicht auf.

»Ich wollte dich was fragen, weiß aber nicht …« Ich stocke, doch Nico dreht sich schon zu mir um und schaut mich mit großen Augen an. »Frag nur.«

»Lennert und du … ihr versteht euch nicht sonderlich gut, oder?«

Während er mir wieder seinen breiten Rücken zukehrt, schüttelt er den Kopf, sagt aber nichts.

»Warum?«, frage ich vorsichtig.

Nico schluckt, öffnet den Mund, schließt ihn wieder und entgegnet dann lediglich: »Ist halt so.«

»Aber ihr spielt doch in einer Band.«

»Und?«

»Schade«, sage ich nach einer Pause. Nico scheint nicht wirklich über das Thema reden zu wollen. »Ich habe mir immer gewünscht, dass meine Eltern noch ein Kind bekommen.«

Nach wie vor klebt Nicos Blick am Computer. Ganz beiläufig murmelt er: »Wir haben nicht dieselben Eltern. Lennerts Vater war weg, bevor er geboren wurde.«

Ach du meine Güte, denke ich. Völlig geplättet von dieser Neuigkeit, suche ich nach den richtigen Worten, doch schon lenkt Nico das Gespräch auf ein anderes Thema. »Ich habe dir übrigens Musik mitgebracht. Kennst du *The Smiths*?«

»Hm, bin mir nicht sicher.« Kann sein, dass mir Papa schon mal was von denen gezeigt hat, aber ich erinnere mich nicht.

»Und *Morrissey*? Das war der Sänger von *The Smiths*, bevor die Band sich aufgelöst hat. Jetzt ist er ja schon ewig als Solokünstler unterwegs.« Er zieht einen MP3-Stick aus der Hosentasche und steckt ihn in meinen Rechner. »Ich kopiere dir das mal. Kannst ja reinhören, wenn du magst.«

»Gerne.«

»Und die *Sex Pistols* habe ich dir auch mitgebracht.« Während er die Musik auf meinen Computer spielt, hören wir den Beitrag noch mal, der jetzt wirklich großartig klingt.

»Wow, das ist so professionell mit der Musik. Danke für deine Hilfe! Ich bin echt gespannt, wie das morgen ankommt. Wie kann ich mich denn revanchieren?«

Nico grinst zufrieden. »Du kannst mich ja mal auf ein Eis einladen.«

»Okay.« Ich muss lachen. »Nach der Ausstrahlung.« Dabei fällt mir ein, dass ich gar nicht weiß, wie ich den Beitrag von meinem Rechner runterbekomme. Es ist mir ein wenig unangenehm, als ich frage: »Wie kriege ich das denn nun in die Redaktion?«

Auch das erledigt Nico natürlich mit Leichtigkeit für mich. Ich hätte vermutlich ewig dafür gebraucht oder Papa um Hilfe bitten müssen. Währenddessen quatschen wir miteinander. Ich erzähle ein bisschen von unserem Sommerurlaub in Südengland, und Nico, der großer UK-Fan ist – vor allem musikalisch gesehen –, hört sich alles gebannt an. Die Zeit verfliegt. Irgendwann kommen meine Eltern zurück nach Hause. Meine Mutter steckt nur kurz den Kopf durch die Tür, stört uns aber nicht weiter. Erst als mein Handy klingelt, werfe ich einen Blick auf die Uhr und sehe, dass es schon sechs ist.

»Oh, es ist ganz schön spät geworden.« Ich angele nach meinem Telefon, auf dem eine mir unbekannte Nummer erscheint. »Bei uns gibt es sicher bald Abendessen«, sage ich zu Nico und ins Handy: »Hallo?«

»Hi, hier ist Lennert.« Mir stockt der Atem. »Ich wollte nur mal kurz fragen, wie du mit dem Beitrag vorankommst.«

»Ich … ähm … gut. Danke. Wo… woher hast du denn meine Nummer?«

Nico starrt mich an. Ich schaue aus dem Fenster, spüre seinen Blick aber noch immer in meinem Rücken.

»Ach, ich kenne da jemanden aus deiner Klasse«, antwortet Lennert vage.

»Verstehe. Tja, ich kann den Beitrag morgen tatsächlich der Redaktion vorstellen. Er ist wirklich toll geworden. Dein Bruder hat mir geholfen.« Hinter mir raschelt es. Als ich mich umdrehe, sehe ich, dass Nico aufgestanden ist. Ich lächele ihm zu, doch er weicht meinem Blick aus und fängt an, seine Sachen zu packen.

»Super«, sagt Lennert am Telefon. »Ich bin gespannt. Vielleicht treffen wir uns ja mal wieder außerhalb der Schule.«

»Ja, total gerne.« Meine Wangen fangen an zu glühen. Nico schultert gerade seine Tasche, und ich bedeute ihm, noch zu warten. »Ich muss jetzt auflegen, aber wir sehen uns in der Schule, ja?«

»Alles klar, bis morgen!« Lennert legt auf, und in dem Moment, in dem ich das Handy vom Ohr nehme, sagt Nico: »Gut, du, ich geh dann mal.« Er steuert auf die Tür zu und hebt die Hand zum Gruß.

»Äh, warte, wenn du willst, kannst du sicher mit uns essen«, rufe ich, aber Nico winkt ab und ist schneller verschwunden, als ich gucken kann.

24

MEINE HÄNDE SIND SCHWITZIG, als Konstantin am Montag den MP3-Stick mit meinem Beitrag in einen der Computer schiebt und auf *Play* drückt. Aufgeregt wandert mein Blick zwischen Herrn Hübner und den anderen Redaktionsmitgliedern hin und her. Linda blättert desinteressiert in ihrem pinken Glitzerbuch, aber die anderen hören gespannt zu. Im Sekundentakt tippt Felix mit der Rückseite seines Bleistifts auf den Tisch, Sophie kaut Kaugummi. Vor ihr liegt die grüne Verpackung auf dem Tisch, auf der irgendwas von *organic* steht. Konstantin und Henri schauen in den Computer, und Herr Hübner sitzt wieder einmal lässig auf dem Tisch und nickt ab und zu.

Mittlerweile habe ich den Beitrag so oft gehört, dass ich ihn mitsprechen kann. Lennert erzählt gerade von dem anstehenden Nachwuchswettbewerb, und seine Stimme sorgt dafür, dass mein Herz flattert. Ich habe ihn heute nur kurz gesehen, aber er hat mich ganz süß angelächelt. Ein Grinsen huscht über mein Gesicht. Kurz darauf zieht sich mir allerdings auch schon wieder die Kehle zu, weil ich weiß, dass mein Beitrag gleich am Ende angelangt ist. Hoffentlich gefällt er den anderen. Hoffentlich fühlen sich Konstantin und Henri nicht auf den Schlips getreten, weil ich ihn ohne sie geschnitten habe. Und hoffentlich macht Linda den Beitrag nicht absichtlich schlecht, nur weil sie mit den Bandjungs nichts mehr zu tun haben möchte.

Ich höre mich »Danke für das Interview« sagen, dann folgen noch ein paar Takte Musik. Ich halte die Luft an.

»Wow!«, macht Felix und nickt anerkennend.

»Ja, der Beitrag ist richtig gut geworden«, lobt Herr Hübner. »Sehr schön. Gutes Timing. Hast du den ganz alleine gemacht?«

Mit vorsichtigem Seitenblick auf die beiden Technikjungs nicke ich. »Ich hatte ein wenig Hilfe«, erkläre ich.

»Hätten wir auch nicht besser machen können«, antwortet Henri und lächelt.

Anerkennend tätschelt Sophie mir die Schulter, Linda gähnt einfach nur.

»Den können wir so, wie er ist, ausstrahlen, denke ich. Gute Arbeit, Stella!« Herr Hübner erhebt sich und schaut auf die Sendeplanung, die am Whiteboard festgepinnt ist, doch ich schalte die restliche Zeit auf Durchzug. Die anderen stellen ihre neuen Ideen vor, schreiben die Moderationstexte, aber mich interessiert das heute alles nicht. Ich bin einfach nur glücklich, dass ich endlich zeigen konnte, was in mir steckt. Und neue Themen denke ich mir in ein paar Tagen aus.

Während die anderen fleißig sind, tue ich so, als würde ich an einer Anmoderation für mein Interview feilen. Die hatte ich zwar schon nach drei Minuten fertig, aber das muss ja keiner wissen. Stattdessen simse ich mit Emily, die total neugierig ist, wie es gelaufen ist. Sie flippt fast aus vor Freude, als ich ihr von meinem Erfolg erzähle. Sie fragt, ob ich nach der AG zu ihr kommen will, um darauf anzustoßen. Klar will ich das!

Als wir endlich fertig sind – ich habe nicht mal zugehört, wie Linda und Felix meinen Beitrag anmoderieren –, flitze ich zu Emily. In ihrem Vorgarten hat sie ein kleines Picknick aufgebaut mit Keksen, Melone und einem Brombeer-Limetten-Soda-Drink. Emily ist einfach die Beste!

»Auf die neue Starjournalistin Stella Kramer!« Sie hebt ihr Saftglas in die Höhe und prostet mir zu.

Ich muss lachen. »Na, ich hatte ja auch Hilfe. Alleine hätte ich das nie geschafft.«

»Hast du Nico schon erzählt, wie gut euer Beitrag angekommen ist?« Emily schiebt sich ein Stück Melone in den Mund.

Ich schnappe mir auch ein Stück und schüttele den Kopf. Das habe ich total vergessen. »Mache ich nachher.«

»Der ist nett, oder?« Vielsagend klimpert Emily mit den Lidern, doch ich ignoriere das. »Ja, wie gesagt, er war mir eine riesige Hilfe.«

»Leider der falsche Bruder, was?«

»Jetzt hör aber mal auf. Nico ist einfach nett. Ohne Hintergedanken.«

»Mhm«, macht Emily, und ich gebe ihr einen Klaps auf den Oberschenkel.

»Viel wichtiger ist, ob Lennert sich wirklich mit mir trifft. Er hat's zumindest gesagt.« Nachdenklich fahre ich mit dem Finger über den Rand meines Glases. Emily sagt nichts. Komisch.

Leider habe ich Lennert vorhin nur kurz auf dem Hof gesehen. Er hat mir zugenickt, musste dann aber auch schon weiter. Schade.

»Wie läuft es eigentlich mit Max?«, frage ich, weil Emily noch immer nichts gesagt hat.

»Alles bestens. Vielleicht triffst du dich ja auch mal mit uns?« Schwingt da ein leichter Vorwurf in ihrer Stimme mit? Bislang habe ich wirklich nicht viel Interesse an ihm gezeigt. Und beim Schulfest hatte ich einfach nicht so viel Zeit für die beiden.

»Ja, das wollte ich auch schon vorschlagen«, sage ich schnell. »Es gibt da diese neue Komödie mit Ashton Kutcher im Kino.« Zwar kann ich mir wahrlich Netteres vorstellen, als mit einem frisch verliebten Pärchen ins Kino zu gehen, aber langsam muss ich die beiden wohl mal zusammen treffen.

»Ja, klar.« Emily nickt, aber wirklich zufrieden wirkt sie noch nicht.

»Was ist los?«

»Hm, also … Ich frage mich …« Sie schaut mich mit großen Augen an. »Ich weiß nicht, ob du das hören willst, aber ich frage mich, ob Lennert wirklich der Richtige für dich ist.«

»Wieso denn das auf einmal? Monatelang hast du mit mir gelitten, und jetzt, wo es sein könnte, dass er womöglich ein klitzekleines bisschen Interesse an mir hat, stellst du alles infrage?«

Emily vermeidet es, mir in die Augen zu sehen. Stattdessen zupft sie an der Picknickdecke herum. »Also … du … wir … spielen einfach nicht in seiner Liga, meinst du nicht?«

»Was soll das denn heißen?«

»Na ja. Schau dir Ole an. Der war mit Linda zusammen. Jetzt hängt er immer mit der einen Sängerin rum. Und Lennert hatte mal was mit Manja – auch so ein Supermädel. Und wir sind eben … na ja, so normal.«

Natürlich weiß ich, was sie meint. Schließlich war ich es, die monatelang genau das gesagt hat. Doch auf einmal scheint alles anders zu sein. »Aber kann man nicht eine Liga aufsteigen?«

Emily beißt die Zähne aufeinander, dabei treten ihre Kieferknochen hervor. Irgendwann sagt sie: »Man sieht Lennert ständig mit anderen Mädchen. Das gefällt mir nicht. Ich verstehe auch nicht, wieso er plötzlich Interesse an dir hat. Irgendwie ist das komisch. Versteh mich nicht falsch. Ich möchte nur nicht, dass du enttäuscht wirst.«

»Ich weiß.« Die Stille, die aufkommt, ist mir unangenehm. So langsam, wie es nur geht, knabbere ich an einem Keks herum. Irgendwann klingelt Emilys Handy. Max ist am Apparat, und sie erzählt ihm, dass wir zu dritt ins Kino gehen wollen. Ich versuche, das Gesäusel zu überhören. Als Emily aufgelegt hat, stehe ich auf. »Muss noch Hausaufgaben machen«, sage ich und umarme sie.

»Bist du böse?«

»Nein, keine Sorge.«

»Ich meine es nur gut, weißt du? Durch Max weiß ich jetzt, wie es ist, ineinander verliebt zu sein. Dir wünsche ich genau dasselbe.«

Ich drücke sie noch mal. »Sicher. Danke für das Picknick, das war superlieb von dir.« Wirklich böse bin ich nicht, aber irgendwie niedergeschlagen. Ich bemühe mich, das so gut wie möglich zu verbergen. Natürlich kennt Emily mich viel zu gut, daher bleibt sie mit hängenden Schultern zurück.

Mit gedämpfter Stimmung laufe ich nach Hause. Mir fällt ein, dass ich Nico noch anrufen muss. Als ich mein Handy raushole, sehe ich, dass er schon versucht hat, mich zu erreichen. Mist. Wie blöd von mir, dass ich nicht eher daran gedacht habe. Ich rufe ihn zurück.

»Hey!«, meldet er sich. »Wie war's?« Seine Stimme ist gar nicht so fröhlich wie sonst.

»Tut mir leid, ich hab's vorher nicht geschafft. Der Beitrag ist super angekommen! Er wird unverändert diesen Freitag gesendet.«

»Freut mich«, sagt Nico. Ist der aber kurz angebunden heute …

»Vielleicht hören wir die Sendung in der Pause gemeinsam?«, schlage ich vor. Das würde ich eigentlich auch Lennert gerne fragen, aber Nico hat mir nun mal geholfen.

»Können wir machen, ja.« Pause. Begeistert klang das jetzt nicht.

»Gut.« Es entsteht eine Pause. »Dann sehen wir uns in der Schule.« Ich weiß wirklich nicht, was ich sonst noch sagen soll.

»Yo. Ciao.« Er legt auf. Ratlos packe ich mein Handy wieder ein. So langsam verstehe ich gar nichts mehr.

25

AM NÄCHSTEN TAG laufe ich Lennert direkt in die Arme. Natürlich genau in dem Moment, in dem ich mit drei Landkartenrollen kämpfe, die ich für Herrn Steingräber ins Archiv tragen soll.

»Na, Fahrradmädchen, alles klar?« Er legt den Kopf schief und schaut mich belustigt an. Eine der Karten rutscht mir aus der Hand und landet krachend auf dem Linoleum.

»Hallo«, sage ich und bücke mich, um *Nordamerika* wieder aufzuheben.

»Gib her!« Lennert nimmt mir *Nordamerika* und *Die Klimazonen* aus der Hand und legt sie sich über die Schulter.

»Danke«, hauche ich, und gemeinsam gehen wir in den zweiten Stock.

»Bist du mit deinem Beitrag fertig geworden?«, fragt Lennert, und mir wird ganz schwindelig, weil er so dicht neben mir ist. Ich schaffe es gerade mal, mit dem Kopf zu nicken.

»Cool, wann kann ich ihn hören?«

»Er wird am Freitag gesendet«, stammele ich. »Aber ich kann ihn dir auch schon vorher …« Ich werfe ihm einen Seitenblick zu.

»Auf alle Fälle. Heute Abend? Um sieben im *Bubba's*?«

Wir haben den Archivraum erreicht, und ich ziehe umständlich Herrn Steingräbers Schlüssel aus der Hosentasche. Meine Hände zittern so sehr, dass ich den Schlüssel nicht ins Schloss bekomme. »Ja, super«, kriege ich gerade noch raus, aber eigentlich bleibt mir die Luft weg. Lennert will sich tatsächlich mit mir treffen! Gut, in erster Linie will er den Beitrag hören, aber egal. Ich bin glücklich! Hektisch nehme ich ihm die beiden Karten ab, verstaue sie in dem dunklen Kämmerlein und flitze dann zu Emily, der ich das sofort erzählen muss. Wobei ich mir nach gestern gar nicht sicher bin, was sie davon halten wird.

Der Tag vergeht im Schneckentempo, wenn nicht noch langsamer. Ich vergeige den Englischtest, weil ich mich einfach nicht konzentrieren kann. Wie soll ich etwas über das britische Schulsystem schreiben, wenn ich nur an heute Abend denken kann? Was ziehe ich an? Und was wird wohl passieren?

Zum Glück bemüht sich Emily sehr, sich für mich zu freuen. Sie leiht mir sogar ihr neues T-Shirt, das wirklich supercool ist.

Nachdem ich die Hausaufgaben erledigt habe, dusche ich stundenlang, kämme meine Haare so gründlich wie noch nie und klaue mir von Mama ein wenig Wimperntusche. Als ich um kurz vor sieben auf dem Weg zum *Bubba's* bin, pocht mein Herz wie wild. Zumal ich noch nie im *Bubba's* war. Dabei ist es ein cooles 50er-Jahre-Diner. Aber da treffen sich wirklich nur die Coolen und Älteren der Schule. Ich werfe einen Blick durch die Fenster und sehe, dass Lennert noch nicht da ist. Allerdings ist es mir unangenehm, alleine reinzugehen, deshalb bleibe ich vor der Tür stehen.

Lennert verspätet sich. Nachdem ich zehn Minuten draußen gewartet habe, betrete ich zögernd das Café. Sofort erkenne ich einige Jungs aus der Oberstufe, die hinten Billard spielen. An einem Tisch in der Ecke sitzen auf roten Lederbänken ein paar Mädels aus dem Abijahrgang. Um so wenig wie möglich aufzufallen, setze ich mich an einen kleinen Tisch direkt neben der Tür. So kann ich Lennert wenigstens nicht verpassen. Ich hole mein Handy raus und tippe darauf herum.

Um halb acht ist Lennert noch immer nicht da. Dafür war die Kellnerin, deren Haare zu einer Tolle hochtoupiert sind und deren Unterarm ein buntes Pin-up-Motiv ziert, schon drei Mal bei mir, um zu fragen, ob ich noch was trinken will. Meine Apfelschorle war schon nach zwei Minuten alle. Gerade will ich einen Anruf fingieren (so nach dem Motto »Du, ich kann jetzt nicht mehr warten, ich muss weiter zur nächsten Verabredung«), als Lennert kommt.

»Hi«, rufe ich erleichtert.

Lennert stellt seinen Rucksack auf den Stuhl neben mir.

»Lennert, du schuldest mir noch eine Revanche!«, ruft einer der Jungen beim Billardtisch.

»Ich mach dich platt!«, ruft Lennert zurück, und zu mir sagt er: »Bin gleich wieder da, sorry.« Dann geht er zum Billardtisch und begrüßt die Jungs. Kein Wort zur Verspätung. Hm. Ich krame in meiner Tasche und ziehe den MP3-Player hervor, den ich mir von Papa geliehen habe. Nachdem ich gestern genau aufgepasst habe, wie Nico das gemacht hat, konnte ich den Beitrag ohne Hilfe kopieren. Nico. Ob der auch nichts gesagt hätte, wenn er sich eine halbe Stunde verspätet hätte?

Lennert ist noch immer am Billardtisch. Gerade nimmt er den Queue in die Hand und schießt eine Kugel. Das Klackern der anderen Kugeln hallt durch das Café. Er macht keine Anstalten, zu mir zu kommen. Ich schlucke. Verlegen drehe ich den MP3-Player auf dem Tisch hin und her. Irgendwann setzt sich Lennert dann doch noch zu mir. Leider entgeht mir nicht, wie er zu den anderen sagt: »Bin gleich wieder da. Business, wisst ihr?«

Die Enttäuschung trifft mich hart. Bin ich tatsächlich nur *Business* für ihn?

»Sorry, ich hatte da noch eine Partie offen. So, du Superredakteurin«, er rückt mit seinem Stuhl dicht neben mich, »dann lass mal hören!« Sein Lachen ist offen, und seine Armhaare berühren meine.

Ein wohliger Schauer läuft mir über den Rücken. Ich reiche ihm die Kopfhörer und spiele den Beitrag ab. Während Lennert dem Beitrag lauscht, lässt er mich keine Sekunde aus den Augen. Mir ist das unangenehm, ich weiß kaum, wo ich hinsehen soll. Immer wieder weiche ich seinem Blick aus, doch er schaut nicht ein einziges Mal weg.

Nach knapp vier Minuten, die mir vorkommen wie eine Stunde, zupft er die Stöpsel aus den Ohren und hält sie mir entgegen. »Hammer! Ist super geworden.«

Vor Verlegenheit senke ich meinen Kopf. »Danke. Dein Bruder hat mir geholfen.«

Lennert grinst schief. »Ich weiß. Willst du noch was trinken?« Er deutet auf mein leeres Glas. Als ich nicke, gibt er der Kellnerin ein Zeichen. »Betty, bringst du uns Käse-Nachos und zwei *Shirley Temple*?« Fragend sieht er mich an, und ich nicke einfach. Keine Ahnung, was ein *Shirley Temple* ist. Die Schauspielerin kenne ich wohl, aber das Getränk?

Während Betty zwei silberne Cocktailmixer durch die Luft wirbelt und ich kurz Sorge habe, dass im *Shirley Temple* Alkohol ist, erzählt Lennert von dem Campingurlaub, den er mit Ole in Frankreich gemacht hat. Ich war noch nie alleine mit einer Freundin verreist. Vermutlich würden meine Eltern mir das auch gar nicht erlauben.

Während Lennert von Fahrradpannen, Lagerfeuer und Surferlebnissen berichtet, frage ich mich, wo Linda ihren Urlaub verbracht hat. Und auch, wo Nico in den Sommerferien war. Ob der mit den Eltern unterwegs war? Oder auch alleine mit Freunden? Komisch, dass ich immer wieder an ihn denken muss. Aber andererseits kein Wunder, schließlich sitze ich mit seinem Bruder hier. Ich schiebe Nico wieder aus meinem Kopf und betrachte Lennert. Irgendwann kommt Betty wieder zu uns und stellt zwei rote Drinks und einen großen Teller mit Nachos auf den Tisch. Vorsichtig probiere ich das Getränk, das nur süß schmeckt.

»Ist natürlich alkoholfrei«, erklärt Lennert und stürzt sich auf die Nachos, während er einfach weiterredet. So lange, bis der Teller leer ist. Ich versuche, ab und an mal zu Wort zu kommen, aber irgendwie hört Lennert mir gar nicht richtig zu. Also nicke ich nur manchmal oder schüttele den Kopf. Er fragt mich auch nichts. Unbehaglich beginne ich auf meinem Stuhl hin und her zu rutschen. Ich denke kurz an Nico und wie lustig es mit ihm war. In seiner Gegenwart habe ich mich gar nicht unwohl gefühlt.

Als Lennerts Handy klingelt, bin ich beinahe schon ein wenig erleichtert.

»Eve, hi!«, säuselt er. Sein Gesicht bekommt plötzlich einen ganz anderen Ausdruck. »Du, ich hab hier gerade noch ein Meeting, aber …«, er schaut auf seine Armbanduhr, »ich könnte in einer halben Stunde bei dir sein.«

Hm? In einer halben Stunde schon? Das war aber ein kurzes Treffen.

»Ja … okay, Sugar, finde ich gut«, flötet er weiter ins Telefon, und mir fällt beinahe der kleine Nachoskrümel aus dem Mund, den ich eben noch vom Teller aufgeklaubt habe. Sugar? Ich glaube, ich spinne! Er nennt sie Sugar? Wer ist denn diese Eve, bitte schön? Und wieso sitzt er dann überhaupt hier mit mir?

»Gut, bis gleich.« Er legt auf.

Ich betrachte den schwarz-weiß karierten Boden und sage nichts.

»Du, ich muss gleich los«, sagt er und zieht sein Portemonnaie aus der Hosentasche. Er legt einen Zehner auf den Tisch. »Du hast das echt super gemacht. Bin gespannt, wie die Sendung ankommen wird.«

»Diesen Freitag«, sage ich knapp und hebe den Blick noch immer nicht.

»Cool! Dann sehen wir uns in der Schule.« Er legt mir zum Abschied seine Hand auf den Rücken. Eigentlich sollte mich jetzt ein Schauer durchlaufen, aber es passiert nichts. Wer ist Eve? Und wieso hat er die ganze Zeit nur von sich geredet?

An der Tür winkt er mir noch mal zu, dann ist er weg, und mein Blick haftet auf dem Geldschein. Das ist alles, was von ihm geblieben ist.

Kurz darauf räumt Betty sein Glas und den leeren Teller ab. »Willst du noch was?«, fragt sie, doch ich ordere nur die Rechnung. Ich bin total verwirrt. Gut, ich war mit Lennert verabredet, aber irgendwie hatte ich mir das alles anders vorgestellt. Insgeheim hatte ich mir sogar ausgemalt, dass er mich nach dem Diner nach Hause bringt. In meinen Träumen hatte Lennert irgendwann meine Hand ergriffen und mich zum Abschied sogar geküsst. Ich schlucke. Nun trifft er sich mit irgendeiner Eve.

26

ICH SCHLAFE SCHLECHT in der Nacht. Wilde Träume plagen mich. Als ich am Morgen aufwache, fühle ich mich ganz zerschlagen. Irgendwie schleppe ich mich dennoch zur Schule. Auf dem Weg treffe ich Nico, der auch völlig fertig aussieht.

»Alles okay bei dir?«, frage ich, doch er zuckt nur mit den Schultern und murmelt irgendwas, was ich beim besten Willen nicht verstehen kann.

»Lennert fand den Beitrag auch gut«, sage ich, um das Gespräch zum Laufen zu bringen. Doch alleine die Erwähnung des Namens zieht meine Laune noch tiefer in den Keller.

»Aha«, macht Nico und blickt nicht mal auf.

»Sollen wir uns am Freitag in der Cafeteria treffen, um die Sendung zu hören?« Ich weiß wirklich nicht, was ich ihn noch fragen soll, wenn er so wortkarg ist.

»Wie du meinst.« Wir haben das Schulgebäude betreten, und Nico hebt schlapp eine Hand zum Gruß und verschwindet hinter einer Glastür. Verdattert bleibe ich im Foyer stehen.

»Hey, hast du gerade ein Einhorn getroffen, oder was?« Emily ist hinter mich getreten.

»Ach, hallo«, grüße ich sie matt. »Schön wär's …«

»Ich dachte, du meldest dich gestern noch. Wie war's denn?«

Nach dem Treffen mit Lennert habe ich ihr nur noch eine kurze SMS geschickt, weil ich keine Lust hatte zu telefonieren. Auf dem Weg zu unserem Klassenraum berichte ich von dem Abend.

»Tja, und dann ist er abgehauen.«

»Das tut mir leid.« Emily legt mir einen Arm um die Schulter.

»Ach, na ja. Irgendwie … ich weiß nicht … Dass er sich mit einem anderen Mädchen trifft, dass er *Sugar* nennt, ist schon schlimm. Aber irgendwie war es sowieso nicht so toll mit ihm, wie ich gedacht hatte. Er hat die ganze Zeit nur von sich geredet und gar kein Interesse an mir gehabt. Er hätte genauso gut mit einer Schaufensterpuppe dasitzen können. Und dass er erst mal mit irgendwem anders Billard spielt, obwohl wir doch verabredet waren und er eh schon zu spät war, fand ich auch ziemlich daneben.« Ich seufze und lasse mich mit letzter Kraft auf meinen Stuhl fallen. Frau Ackermann steht bereits am Lehrerpult, und noch bevor ich meine Französischbücher rausholen kann, klingelt es zur Stunde.

»Wir reden nachher weiter«, flüstert Emily mir zu, doch schon während des Unterrichts kritzelt sie mir eine Nachricht in mein Vokabelheft: *Was machst du denn jetzt?*

Mit der Rückseite meines Bleistifts kratze ich mir den Kopf. *Keine Ahnung. Ich weiß gerade nicht mal, was ich an L. überhaupt so toll fand.* Unauffällig schiebe ich das Heft über den Tisch, und Emily schreibt: *Echt?*

Ja. Er sieht ja toll aus, aber sonst … k. A. Das war echt enttäuschend gestern.

Frau Ackermann schaut immer wieder zu uns herüber. Sie mag es gar nicht, wenn man im Unterricht abgelenkt ist.

Also bist du gar nicht mehr in L. verliebt?

Schnell schlage ich eine neue Seite auf, nicht dass Erik, der neben mir sitzt, oder Melissa, die neben Emily sitzt, das liest.

Weiß nicht, kritzele ich auf das leere Blatt.

Und was ist mit N.? Emily hat einen zwinkernden Smiley danebengemalt.

Ich werfe ihr einen skeptischen Blick zu. *Der ist auch schräg drauf.*

»S'il te plaît, Stella, an die Tafel!« Frau Ackermann hält ein Stück Kreide in die Luft. Ach du meine Güte, nun ist ihr der Geduldsfaden gerissen, und ich habe schon wieder nicht aufgepasst. An der Tafel steht *Passé composé* und darunter *avoir/être*. Gut, das habe ich gelernt und erledige die Aufgabe mit nur einem Fehler. Glück gehabt!

In der Hofpause setzen Emily und ich uns draußen auf eine Bank.

»Vielleicht hast du recht gehabt, und Lennert und ich passen gar nicht zusammen.« Frustriert schaue ich auf den Boden.

»Auf alle Fälle hast du was Besseres verdient als einen Typen, der nur von sich redet und sich nicht für dich interessiert. Du hast ja Max noch nicht richtig kennengelernt, aber er möchte so viel von mir wissen und fragt mir Löcher in den Bauch. Ich glaube, er weiß auch schon alles über dich.« Emily grinst.

»Ehrlich? Was denn?«, frage ich völlig perplex.

»Na, was für eine tolle Freundin du bist und was wir in den letzten Jahren zusammen erlebt haben. Und weißt du was, ich fühle mich in seiner Gegenwart immer total wohl.«

Ich denke daran, wie ich gestern unruhig auf dem Stuhl hin und her gerutscht bin. Mit Wohlfühlen hatte das wahrlich nicht viel zu tun.

»Vielleicht fühle ich mich aber grundsätzlich nicht wohl, wenn ich einem Jungen gegenübersitze«, wende ich ein. »Ich hab ja noch nie … du weißt schon …«, ich senke die Stimme, »einen Jungen geküsst.«

Emily lacht. »Also, wenn du dich bei einem Jungen wohlfühlst, dann macht dir auch das Küssen keine Angst mehr. Wie ist das denn bei Nico?«

Mein Kopf schnellt in die Höhe. »Ich will doch Nico nicht küssen!«

»Sicher?«

»Ja!«

»Hm, aber wie fühlst du dich, wenn du mit ihm zusammen bist?«

»Ganz gut eigentlich. Zumindest haben wir immer lange miteinander geredet. Und er hat mich viel gefragt. Und wir haben gelacht.«

»Siehst du.« Vielsagend schaut Emily mich an. »Vielleicht ist der falsche Bruder doch der richtige?«

»Also, jetzt spinnst du!« Ich erhebe mich von der Bank und laufe auf und ab. »Außerdem ist Nico seit ein paar Tagen total merkwürdig.«

»Vielleicht ist er sauer, weil du dich mit Lennert triffst und nicht mit ihm.« Emily lehnt sich auf der Bank zurück und verschränkt die Arme hinter dem Kopf.

»Sag mal, hast du zu viele Liebesfilme gesehen, oder was?«

Zum Glück läutet die Schulglocke, und wir müssen hoch. Aber unser Gespräch geht mir einfach nicht mehr aus dem Kopf. Gut, Lennert und ich, das passt nicht, das begreife ich so langsam. Das tut zwar weh, weil ich ihm so lange hinterhergelaufen bin und nun feststellen muss, dass er total ichbezogen ist. Aber Nico? Da hat sich Emily doch wohl eine Traumwelt aufgebaut!

Am Nachmittag steht die Kinoverabredung mit Emily und Max an. In meinem Bauch kribbelt es ein wenig. Beim Schulfest habe ich ihn ja schon kurz getroffen und fand ihn okay, aber wirklich kennenlernen werde ich ihn wohl erst heute. Was, wenn er mich nicht mag? Oder viel schlimmer: wenn ich ihn blöd finde? Es fällt mir eh schon schwer, mir eine Zukunft zu dritt vorzustellen. Es wäre aber alles noch schwieriger, wenn Max und ich nicht miteinander klarkämen.

Vor dem Kino wartet er schon auf uns. Emily drückt meine Hand, und er winkt, als er uns sieht. Als die beiden sich begrüßen, schaue ich betreten beiseite.

»Cool, dass wir uns endlich mal treffen«, sagt Max und umarmt mich. Das ist mir erst unglaublich unangenehm, aber dann lächelt er mich so fröhlich an, dass ich es doch nett finde.

Der Film ist wirklich witzig, und wir lachen immer wieder aus voller Kehle. Auch Max. Und als wir nach dem Film noch in ein Café gehen, verliere ich langsam meine Angst vor ihm.

Vielleicht raubt er mir meine beste Freundin gar nicht, sondern wird stattdessen ein neuer Freund für mich. Zumindest merke ich, dass wir auch zu dritt einen lustigen Nachmittag haben können. Und noch etwas. Ich sehe, wie glücklich Emily in seiner Nähe ist. Das freut mich, aber gleichzeitig bin ich auch ein wenig neidisch.

27

IN DER HOFPAUSE versammelt sich die halbe Schule in der Cafeteria, um die neue Sendung von *Leibniz FM* anzuhören. Da es draußen regnet, ist es hier drinnen richtig voll. Zusammen mit Emily ergattere ich gerade noch einen Platz auf der Couch. Direkt neben uns sitzen Lennert, Ole und Bendix, umgeben von lauter Leuten aus ihrem Jahrgang.

Nico kann ich nirgendwo entdecken. Immer wieder schaue ich mich nach ihm um. Schließlich springe ich auf, um ihn zu suchen. Ich zwänge mich zwischen den anderen Schülern durch, aber keine Spur. Geknickt setze ich mich wieder hin, als die Schulanlage die ersten Töne der Sendung überträgt. Ich hätte das wirklich gerne zusammen mit Nico gehört.

Emily drückt meine Hand und reißt mich damit aus meinen Gedanken. Egal. Heute ist mein großer Tag, und den lasse ich mir nicht kaputt machen. Aufgeregt lausche ich den Moderationen und dem ersten Beitrag, den Felix über die Partnerschule in Spanien gemacht hat. Danach kommt Sophies Bericht über das Schulfest. Mein Beitrag kommt als Letztes.

Die Anmoderation ist besonders knapp. Vermutlich hat Linda darauf bestanden. »Kommen wir nun zu unserem letzten Beitrag – einem Bericht über die Schulband *Next Door* von Redaktionsmitglied Stella, die selber größter Fan ist. Bis nächste Woche, eure Linda und der Rest vom Team!«

Meine Ohren fangen an zu brennen. Größter Fan – wie peinlich, dass sie das gesagt hat! Ich schiele zu den Jungs von der Band hinüber, doch die lauschen gespannt dem Interview. Vielleicht haben sie das mit dem größten Fan einfach überhört. Unangenehm ist es mir trotzdem. Und *pah!*, mich lediglich als Redaktionsmitglied zu bezeichnen statt als Redakteurin!

Ich schaue zu Linda hinüber, die mit ihren Freundinnen am anderen Ende der Cafeteria sitzt. Doch sie ignoriert meinen bitterbösen Blick. Dafür erspähe ich am Eingang Nico. Ich winke ihm zu, aber auch er sieht mich nicht, sondern starrt nur zu Boden. Bin ich heute unsichtbar, oder was? Ich will schon aufstehen und ihn holen, aber die Cafeteria ist so voll, dass ich so schnell nicht zu ihm durchkäme. Also bleibe ich sitzen und betrachte die Gesichter meiner Mitschüler. Der Beitrag kommt wohl ganz gut an, zumindest hören die meisten wirklich zu. Das freut mich, aber die Wut auf Linda grummelt in meinem Bauch.

Als der Beitrag zu Ende ist, fängt der Nebentisch an zu klatschen und zu jubeln. Lennert wird von seinen Freunden laut gefeiert.

»Super gemacht, Alter!«

»Wie ein Profi!«

»Na, dann kann der Wettbewerb ja kommen.«

»Richtig toll, Stella«, sagt Emily und will mich umarmen, doch ich drehe mich wieder zu Nico um. Ich würde gerne kurz mit ihm reden. Er steht noch immer am Eingang und schaut endlich zu mir herüber. Ich stehe auf und winke ihn zu mir. In dem Moment schlingt sich ein Arm um meine Schultern. »Fahrradmädchen, das war super!«, brüllt mir Lennert ins Ohr.

Verdutzt blicke ich ihn an. Er zieht mich dichter an sich heran und drückt mir einen Kuss auf die Backe. Was hätte ich noch vor einer Woche darum gegeben, dass er mich küsst – wenn auch nur auf die Backe. Jetzt ist es mir einfach nur unangenehm, und ich winde mich aus seinem Griff. Als ich mich befreit habe, sehe ich mich wieder nach Nico um, doch er ist weg. Enttäuscht lasse ich mich neben Emily auf das Sofa plumpsen.

»Wieso guckst du so traurig? Der Beitrag ist doch sehr gut angekommen.«

»Ach«, seufze ich. »Ich war mit Nico verabredet, aber er war nur kurz da und ist einfach wieder abgehauen.«

»Vielleicht war es ihm zu voll hier?« Emily bietet mir einen Schluck ihres Getränks an.

»Ja, vielleicht«, sage ich wenig überzeugt und nehme die Flasche entgegen. Obwohl ich eigentlich total happy sein sollte, bin ich einfach nur niedergeschlagen. Das merkt auch Emily.

»Vielleicht solltest du mal mit Nico reden?«, schlägt sie vor.

»Und worüber?«

Meine beste Freundin zuckt mit den Schultern. »Ich weiß nicht, aber so traurig, wie du wirkst … Und wenn er einfach so abhaut … da scheint doch irgendwas zwischen euch zu stehen, meinst du nicht?«

»Kann sein.« Ich lasse meinen Kopf hängen. So ganz sicher bin ich mir immer noch nicht, was da zwischen mir und Nico ist. Zugegeben, ich bin gerne mit ihm zusammen, und wer weiß, vielleicht könnte da wirklich mehr sein, aber seit er so abweisend zu mir ist, bin ich einfach nur noch verwirrt. Ich seufze tief.

»Denk dran, nächste Woche noch, und dann sind erst mal Ferien. Da siehst du ihn eine ganze Weile nicht. Vielleicht solltest du vorher noch mit ihm reden?«

Ich nicke. »Ich versuch's. Wenn er nicht wieder verschwindet.«

Emily wirft mir einen aufmunternden Blick zu. »Das schaffst du schon!«

Das Wochenende vergeht, ohne dass ich von Nico höre. Auf meine SMS am Samstag antwortet er nicht, und als ich all meinen Mut zusammennehme und ihn Sonntag anrufe, ist sein Telefon aus. Meine Laune sinkt in den Keller. Trotzdem höre ich die Musik, die er mir auf den Laptop gespielt hat, rauf und runter und merke, dass ich in Gedanken immer wieder zu Nico abschweife.

28

»EINFACH KLASSE! Das waren die Worte der Schulleitung! Und ich bin auch sehr stolz auf euch. Das habt ihr wirklich klasse gemacht!« Herr Hübner strahlt uns an.

Ich atme auf. Natürlich habe ich mitbekommen, dass unsere Mitschüler die Sendung gut fanden, aber Erwachsene sind eben doch oft anderer Meinung. Daher war ich sehr gespannt, wie das Feedback aus dem Lehrerzimmer ausfällt.

»Nun sind ja erst mal Ferien, also haben wir etwas Zeit, die nächste Sendung vorzubereiten. Wenn ihr möchtet, können wir uns aber auch in den Ferien hier treffen.«

Linda, die bislang nur gelangweilt aus dem Fenster gesehen hat, meldet sich. »Ähm … Ich wollte euch mitteilen, dass ich nach den Ferien nicht mehr dabei bin.«

Plötzlich herrscht Stille im Raum. Alle starren Linda an. Konstantin bleibt sogar der Mund offen stehen.

»Tja, also, es ist so …« Unsicher sieht Linda zwischen uns hin und her. Mich streift ihr Blick maximal eine Nanosekunde. »Ich habe mich bei der Theater-AG angemeldet, und die proben ja auch am Montagnachmittag. Da habe ich dann nicht mehr so viel Zeit.«

»Ach, Linda, das wäre aber schade!« Herrn Hübners Schultern hängen nach unten. »Wir könnten unsere Treffen sicher auf einen anderen Tag verschieben. Oder wir teilen uns auf. Das Studio kann ja jederzeit genutzt werden. Den Schlüssel habe nur ich, und du könntest …«

Doch Linda schüttelt schon den Kopf. »Nein. Ich … ich brauche irgendwie was Neues. Ihr macht das hier alle toll, und bestimmt werden eure Sendungen auch ohne mich ein Erfolg. Ich werde sie mir auch immer anhören. Aber irgendwie … tja, will ich es mit der Schauspielerei probieren und mich dem voll und ganz widmen.«

So kleinlaut habe ich Linda noch nie erlebt. Es dauert eine Weile, bis sich der Tumult wieder gelegt hat. Ich muss ganz ehrlich sagen, dass ich mich nach dem ersten Schreck auch freue – denn nun gibt es niemanden mehr, der mich in der Redaktion boykottieren könnte. Herr Hübner bittet uns, neue Mitglieder zu werben, und schließlich planen wir die Beiträge für die Sendung nach den Ferien. Sophie will über gesunde Ernährung aufklären, und Felix möchte über das neue Jugendzentrum berichten. Ich schlage vor, dass wir in Zukunft Musikwünsche und Grüße annehmen, und Herr Hübner will irgendwo im Foyer einen Redaktionsbriefkasten anbringen. Als der Gong ertönt, bin ich zufrieden. Beschwingt packe ich meine Sachen und bin schon auf dem Sprung, als Linda mich aufhält.

»Kann ich dich kurz sprechen?«

»Klar. Worum geht's?« Unsicher spiele ich an dem Reißverschluss meiner Tasche rum.

»Ich … na ja … ich glaube, ich war ungerecht zu dir.«

Linda schafft es kaum, mir in die Augen zu schauen. »Das mit Ole und so. Also, ich hätte dich nicht so fertigmachen sollen. Tut mir leid.«

Ich zucke mit den Schultern. »Schon gut. Schwamm drüber.«

Endlich treffen sich unsere Blicke. Linda lächelt. »Gut.« Wir gehen gemeinsam die Treppe hinunter.

»Und du machst jetzt Theater?«, frage ich, weil ich nicht wortlos neben ihr herlaufen möchte.

»Mhm«, macht Linda. »Ich bin mit Pierre zusammengekommen, weißt du.«

Ah, daher weht der Wind. Mir wird einiges klar. Pierre ist eines der wichtigsten Mitglieder des Theaterensembles. Emily hat mir schon viel von ihm erzählt. Er ist wahnsinnig ehrgeizig und wohl auch sehr begabt. Linda schnappt sich eben immer nur das Beste vom Besten. Ich nicke. »Freut mich für dich. Und Ole?« Meine Stimme stockt, weil ich nicht weiß, ob es angebracht ist, das zu fragen.

Linda schürzt die Lippen und zögert mit ihrer Antwort. Ihr Blick wandert umher. »Weißt du, du hattest recht. Er hatte was mit einer anderen. Vermutlich nicht nur ein Mal. Ich wollte das nicht sehen. Deshalb war ich auch so gemein zu dir, weil du mir den Beweis geliefert hast, dass er ein Arsch ist. Aber was bringt das schon, die Augen davor zu verschließen, dass man mit jemandem zusammen ist, der nicht nett zu einem ist?« Sie schaut mich fragend an.

»Ich weiß nicht«, sage ich unsicher, weil ich ja wirklich keine Ahnung habe. »Nichts, vermutlich.«

Linda nickt. »Eben. Ich hoffe, dass dein … Leon? Mika? Na ja, dass er jedenfalls gut zu dir ist.«

Nico, will ich im Affekt sagen, doch dann fällt mir ein, dass sie natürlich von meinem erfundenen Verehrer Max spricht. »Ach … das war nix.« Das Lachen, das ich mir abringe, klingt so künstlich, dass ich mich dafür schäme. Doch Linda fällt das nicht auf. Sie plappert einfach weiter. »Oh, dann war er nicht der Richtige, glaub mir.«

»Vermutlich nicht.« Ich beiße mir auf die Innenseite meiner Wangen, bis es wehtut.

»Ich muss jetzt los. Pierre wartet auf mich. Viel Erfolg beim Schulradio, ja?« Sie zieht sich ihre Jacke an und geht zum Ausgang.

»Danke, bis bald!« Langsam laufe ich Linda hinterher. Als ich auf den Hof komme, sehe ich, wie sie Arm in Arm mit Pierre das Schulgelände verlässt. Ich könnte schwören, dass sie ein paar Zentimeter größer ist als er, aber eigentlich ist das auch egal.

»Hey!«, höre ich Emilys fröhliche Stimme hinter mir. »Super, dass wir uns noch treffen! Wie war's bei euch?«

»Och, irgendwie verwirrend.« Noch immer blicke ich in die Richtung, in die Linda gerade davongerauscht ist.

»Warum?« Emily hakt sich bei mir ein, und wir schlendern langsam Richtung Ausgang.

»Linda hört beim Schulradio auf.«

Emily bleibt der Mund offen stehen. »Ach was? Warum?«

Erst jetzt wird mir bewusst, dass Linda ja nun auch mit Emily in der Theater-AG sein wird. »Sie will jetzt doch lieber ihr schauspielerisches Talent unter Beweis stellen.«

»Nee, oder? Heißt das, sie macht bei unserer Theater-AG mit?« Emily schaut mich entgeistert an.

Ich lache laut. »Keine Sorge, sie ist wirklich ganz nett.«

»Ach ja?«

»Ja! Sie hat sich eben sogar bei mir entschuldigt.«

»Na, sieh mal einer an. Wer hätte das gedacht.« Emilys Augen funkeln mal wieder vor Freude. Ich drücke ihren Arm fest an mich und schlage vor, dass wir noch zusammen eine Cola trinken gehen.

»Hast du denn Nico heute gesehen?«, fragt Emily später und saugt mit dem Strohhalm geräuschvoll die letzten Tropfen aus ihrer Cola. Auf dem Cafétisch hat der geriffelte Flaschenboden ein wirres Muster hinterlassen. Ich schüttele den Kopf. »Keine Ahnung, wo der den ganzen Tag war. Vielleicht ist er ja krank.«

»Vielleicht aber auch nicht.« Emily zieht die Augenbrauen in die Höhe. »Das könnte man aber ganz leicht herausfinden, wenn man nachfragen würde.« Sie zieht das *nachfragen* so sehr in die Länge, dass es dem Wort wehtun muss.

»Du kriegst Falten auf der Stirn, wenn du mich weiter so anschaust«, ermahne ich sie. Die Kellnerin schlendert an unserem Tisch vorbei. Vermutlich sitzen wir für ihren Geschmack schon zu lange hier und trinken zu wenig.

Emily tätschelt meine Hand. »Dann unternimm endlich was, dann bleiben mir auch die Falten erspart!«

Ich schnappe mir die kleine Getränkekarte und studiere noch einmal das Angebot. So gleichgültig wie möglich sage ich: »Ich habe ja versucht, ihn anzurufen. Aber er geht nicht ran. Mhm, die haben Mangosaft!«

Plötzlich klappt Emily die Karte zu und sieht mich richtig

böse an. »Dann versuch's noch mal. Gib nicht so schnell auf. Ich mein's nur gut. Wirklich. Und wenn eine Linda es schafft, sich bei dir zu entschuldigen, dann schaffst du es doch wohl auch, Nico zu fragen, was los ist, oder?«

Sie hat recht, ich weiß das ja. Irgendwas steht zwischen uns, und ich sollte rausfinden, was es ist. Und ich sollte mir darüber klar werden, was ich für ihn empfinde. Also nicke ich brav. »Gut, ich rufe ihn heute noch an.« Mir wird ganz mulmig.

»Prima, dann bestelle ich uns jetzt noch zwei Mangosäfte!« Emily lacht, aber mir ist mein Herz in die Hose gerutscht.

29

EIN, AUS. EIN, AUS. Durch langsames Ein- und Ausatmen versuche ich, meinen Herzschlag zu kontrollieren. Aber es bringt nichts, ich bin total aufgeregt. Seit einer Stunde sitze ich auf meinem Bett und halte mein Handy in der Hand. Ich drehe es von links nach rechts, lese noch mal Nicos SMS, tippe auf seine Nummer, aber nicht auf *Wählen*. Bestimmt schon vier Mal hatte ich den Mut gefasst, nun endlich anzurufen, doch im letzten Moment, noch bevor es klingeln konnte, habe ich immer wieder schnell auf den roten Hörer gedrückt. Ein Blick auf die Uhr verrät mir, dass Emily mich in zehn Minuten anrufen wird, um sich zu erkundigen, wie es gelaufen ist.

»Wenn du ihn bis neun Uhr nicht angerufen hast, gibt's Ärger!«, drohte sie mir noch, als wir uns im Café voneinander verabschiedet haben.

»Das wird nicht nötig sein«, habe ich ihr versichert, es in dem Moment aber selber nicht geglaubt. Und nun rennt mir die Zeit davon.

Los jetzt, Stella, feuere ich mich selber an. Eine wütende Emily ist schlimmer als jeder peinliche Anruf. Ich wähle, ohne weiter nachzudenken. Als es anfängt zu tuten, zieht sich mein Hals zusammen. Wie soll ich nur ein einziges Wort rauskriegen? Wird Nico überhaupt abnehmen? Schließlich scheint er mir ja gerade aus dem Weg zu gehen.

»Hallo«, meldet er sich. Seine Stimme klingt matt.

»Hallo, Nico«, presse ich hervor. Nervös zupfe ich an meiner Tagesdecke herum. »Ich … ähm … sag mal … ist alles in Ordnung mit dir?« Mein Herz klopft wie verrückt.

»Hm«, macht Nico. Nichts, was ich deuten könnte. »Wieso?«

»Tja, ich weiß nicht, du warst so komisch in letzter Zeit. So … so abweisend.«

Er seufzt. »Ich hatte nicht das Gefühl, dass du auf meine Gesellschaft sonderlich viel Wert legst, Stella.«

»Wie kommst du denn darauf? Es war doch lustig, als wir den Beitrag geschnitten haben, oder nicht?« Meine Stimme wird zum Ende des Satzes etwas dünn. Ich räuspere mich. Wieso sagt er dazu eigentlich nichts? Ehe die Pause unangenehm wird, fahre ich mit festerer Stimme fort: »Wir wollten den Beitrag doch eigentlich auch am Freitag zusammen anhören.«

Ich höre seinen Atem. »Ja, das dachte ich auch.« Er macht eine Pause und schluckt. »Aber irgendwie scheint es so, als ob du dich, nun ja, in der Gegenwart meines Bruders wohler fühlst.«

»Aber das stimmt nicht!«, rufe ich empört.

»Meinst du, ich bin so blöd und merke nicht, wie du ihn anhimmelst?« Seine Stimme klingt plötzlich messerscharf.

»Nein. Das tue ich doch gar nicht.« Es ist mir peinlich, dass es ihm aufgefallen ist. War meine Schwärmerei so offensichtlich? Vor allem aber: Das mit Lennert ist doch vorbei!

»Stella, ich bin nicht blind. Und wenn du denkst, dass du über mich an Lennert rankommst, muss ich dich enttäuschen. Ich werde dir bei deiner Mission keine Hilfe sein.« Alles Fröhliche, alles Freundliche von Nico ist weg. Alles, was Nettes zwischen uns passiert ist, scheint Vergangenheit zu sein. Nico denkt, ich hätte ihn nur ausgenutzt. Mein Herz schmerzt. Und er ist offensichtlich total verletzt.

»Ich leg dann auf, Stella«, sagt Nico, weil die Pause zu lang geworden ist.

»Nein, bitte nicht!«, bettele ich. »Ich kann dir das erklären. Es ist nicht, wie du denkst.«

»Und wie ist es dann?« Seine Stimme ist noch immer eiskalt, aber zumindest hat er nicht aufgelegt.

Ich erhebe mich von meinem Bett und laufe unruhig durchs Zimmer. »Ja, du hast recht, ich war in Lennert verliebt.« Neben meinem Schreibtisch bleibe ich stehen und öffne die unterste Schublade, um all die Poster, Briefchen und Zeichnungen herauszunehmen. Lennert, überall Lennert. Ich zerknülle einen Zettel, auf dem sein Name steht, zerreiße einen Brief, den ich an ihn geschrieben habe, den er aber natürlich nie bekommen hat. »Das mit Lennert ist vorbei. Ehrlich! Ich habe gemerkt, dass er gar nicht zu mir passt. Je besser ich ihn kennenlernte, desto mehr fiel mir auf, dass er ganz anders ist, als ich dachte. Ich bin da einer Illusion hinterhergerannt. Irgendwann hat's *peng* gemacht, und die Lennert-Seifenblase ist geplatzt.« Mein Gesicht hat angefangen zu glühen, meine Hände schwitzen. Der Müllberg neben mir wird immer größer.

Nun ist der erste Teil der Wahrheit raus. Doch vor mir liegt noch der viel schwerere Teil. Ich muss Nico sagen, dass ich ihn mag. Mehr als das – ich bin gern mit ihm zusammen und will mehr Zeit mit ihm verbringen. Und jetzt in diesem Moment kann ich mir sogar vorstellen, ihn zu küssen.

Am anderen Ende der Leitung seufzt Nico erneut. »Okay.« Seine Stimme klingt noch immer nicht viel fröhlicher. Und mehr als das Okay kommt auch nicht.

Noch einmal nehme ich all meinen Mut zusammen. Vielleicht ist das meine letzte Chance, dass er mir zuhört. »Je mehr ich gespürt habe, dass Lennert nicht mein Typ ist, desto mehr habe ich gemerkt, dass es einen anderen Jungen gibt, den ich mag. Einen, der total viel weiß. Einen, mit dem ich lachen kann. Einen, mit dem ich gerne Zeit verbringe.«

Ich greife nach dem *Next Door*-Bandplakat und knicke es so, dass nur noch Nico zu sehen ist. Dass mir nie aufgefallen ist, was für ein toller Typ er ist …

»Tja, dann wünsche ich dir viel Glück.« Es ist der reinste Hohn, der durch den Hörer schwingt.

»Danke, das kann ich brauchen«, fahre ich fort und schnappe mir zwei Klebestreifen. »Denn der Junge ist irgendwie gerade nicht sonderlich gut auf mich zu sprechen. Dabei würde ich ihn so gerne näher kennenlernen.« Umständlich steige ich auf mein Bett. Gar nicht so einfach, mit Telefon, Plakat und Klebestreifen bewaffnet.

»Stella, sorry«, unterbricht Nico mich nun. »Ich hab wirklich keine Lust, mir dein Gefühlschaos anzuhören. Ich muss jetzt auflegen.«

»Schade. Denn ich wollte dich fragen, ob wir uns morgen

nach der Schule treffen wollen.« Keine Ahnung, wo all mein Mut plötzlich herkommt. Ich bin ganz stolz auf mich selbst, auch wenn ich noch nicht weiß, wie Nico reagieren wird. Ob Emily recht hatte, dass er wirklich in mich verliebt ist?

»Was soll das bringen? Lass mich bitte in Ruhe und triff dich mit diesem Typen, den du besser kennenlernen willst.«

»Aber wie soll das gehen, wenn du mir aus dem Weg gehst?« Ich wachse über mich selbst hinaus. Zeitgleich klebe ich das Plakat, auf dem nun nur noch Nico zu sehen ist, an die kahle Wand über meinem Bett. Stolz betrachte ich mein Werk und fühle mich Nico total nah.

»Wie meinst du das?« Er ist jetzt richtig sauer.

»Na, wie soll ich dich besser kennenlernen, wenn du so wütend auf mich bist?« Ich bin die mutigste Stella aller Zeiten!

Stille. Lange. Ich kann beinahe hören, wie es in Nicos Kopf rattert. Dann sagt er ganz leise und so viel ruhiger: »Soll das heißen, du hast die ganze Zeit von *mir* gesprochen?«

»Ja«, antworte ich ganz kleinlaut. »Ich fänd's toll, wenn wir uns mal wieder treffen, also … wenn du auch Lust hast.«

Nun bröckelt der Mut gerade ein wenig, aber egal. Das Wichtigste ist gesagt. Was auch immer jetzt von Nico kommt, ich werde mir niemals vorwerfen müssen, dass ich nicht alles versucht habe. Und das ist mehr, als ich jemals geschafft habe.

»Stella …« Der Tonfall gefällt mir nicht. Er ist zögerlich, und keine Spur überschwänglich. Verdammt! Stotternd fährt Nico fort: »Ich … ähm … also, ich muss nachdenken, einen klaren Kopf kriegen. Das ist alles so verwirrend.«

Ich lasse den Kopf hängen und plumpse auf mein Bett. Ein leises »Okay« presse ich gerade noch hervor.

»Nein!« Nicos Stimme ist nun richtig aufgewühlt. Ich wünschte, ich könnte ihn jetzt sehen, um vielleicht in seinem Gesicht ablesen zu können, was in ihm vorgeht. Wobei … dann würde er auch sehen, dass es mir nicht gut geht. Es würde sehen, dass die mutigste Stella aller Zeiten gerade zu einem kleinen Häufchen Elend verkommt.

»Nein«, sagt er nun noch einmal etwas ruhiger. »Es ist alles so viel komplizierter.«

Ich schlucke. »Dann erklär's mir doch«, bitte ich mutlos und spüre, wie es mir die Kehle zuschnürt.

»Stella, ich finde dich toll. Ich will mit dir zusammen sein.« Er spricht immer schneller und lauter. »Das will ich seit dem ersten Moment! Ich hab dich da im Klamottenladen mit deiner Freundin gesehen, als du dir lauter lustige Sachen umgehängt hast. Seitdem finde ich dich umwerfend.«

Mein Herz setzt ein paar Schläge aus. Jetzt holpert es irgendwie weiter, ist aber völlig aus dem Takt gekommen. Was sagt er da? Er will? Die mutigste Stella aller Zeiten erhebt sich wie ein Phönix aus der Asche, klopft sich den Staub von den Schultern und fragt: »Du findest mich umwerfend?«

»Ja!«, ertönt es aus dem Hörer. Er lacht. Beschämt. Verschüchtert. Einfach zuckersüß.

»Aber … wo ist dann das Problem?« Ich verstehe nichts mehr.

»Das Problem ist …« Schon wieder so eine lange Pause, die meine Nerven strapaziert, weil der Satz in tausend unterschiedlichen Varianten weitergehen kann. Das Problem ist, dass ich auf Jungs stehe. Dass ich eine Freundin habe. Dass ich nächste Woche auf den Mond ziehe.

Endlich spricht Nico weiter: »Das Problem ist Lennert.« Er atmet tief ein. »Wie soll ich dir jemals ganz vertrauen können, wenn du doch so lange in Lennert verliebt warst?« Und dann erzählt mir Nico von einem Mädchen, das er letztes Jahr in den Ferien kennengelernt hat, als die gesamte Familie an der Nordsee war. Ein Mädchen mit dicken roten Locken, die mit Nico am Strand geflirtet hat – Lena. Ein paarmal haben sich die beiden alleine am Strand getroffen und sich immer besser verstanden, bis eines Tages Lennert mitkam. Dann war plötzlich alles anders. Lena fand Lennert auf einmal viel toller als Nico, und Lennert hat sich einen Spaß daraus gemacht, seinem Bruder das Mädchen auszuspannen.

Dass Nico schon mal was mit einem anderen Mädchen hatte, verletzt mich ein wenig. Ich schlucke. Das muss wohl Eifersucht sein. Andererseits war ich ja auch lange in seinen Bruder verliebt – auch wenn mit dem nichts lief.

Ich schiebe meine Missstimmung beiseite. Das spielt jetzt keine Rolle. »Was ist denn aus den beiden geworden?«, frage ich.

»Nichts. In dem Moment, wo sie mich in den Wind geschossen hat, hat Lennert sie fallen lassen wie eine heiße Kartoffel.«

Ich spüre, wie sehr es ihn verletzt haben muss. Es schwingt noch immer in seiner Stimme mit. »Oh«, mache ich.

Langsam begreife ich auch, was Nico mir mit seiner Geschichte eigentlich sagen will. Er hat Angst, dass so etwas noch mal passiert. In mir steigt ein bitteres Gefühl auf, weil ich mich von Lennert verarscht fühle. Hat er gewusst, dass Nico mich mag? War er deshalb so nett zu mir? Ich muss an das Interview in der Eisdiele denken. Der arme Nico, wie mies muss er sich an diesem Nachmittag gefühlt haben! Plötzlich macht alles Sinn.

»Aber ich bin nicht so«, sage ich vorsichtig.

Er schnaubt lautstark. »Aber Lennert hat ja schon versucht, dich anzubaggern. Wer weiß, was passiert, wenn er sieht, dass wir …« Er spricht den Satz nicht zu Ende. Das braucht er aber auch gar nicht.

»Nico. Ich will Lennert nicht. Auch in zehn Jahren nicht. Ich habe einen Blick hinter seine … tja … zugegebenermaßen hübsche Fassade geworfen. Aber das, was ich da gesehen habe, gefällt mir nicht. Ich möchte nicht mit jemandem zusammen sein, der nur an sich denkt, der mit Mädchen nur spielt. Und schon gar nicht mit einem, der ein Mädchen nur datet, um seinem Bruder eins auszuwischen. Es tut mir leid, dass ich das nicht vorher erkannt habe.« Achtung, die mutige Stella setzt noch mal einen drauf. »Ich wünschte, du wärst mir vor ihm aufgefallen. Dann wäre alles so viel leichter gewesen.«

Als Nico wieder nichts sagt, schlage ich also vor: »Wollen wir uns morgen vor der Schule treffen? Ich würde dich so gerne sehen.«

»Gut«, sagt er. Er ist ganz still geworden. Und ruhig.

»Glaubst du mir?«, frage ich noch.

»Ich werde es versuchen«, antwortet er stockend.

»Dann freue ich mich auf morgen.« In meinem Bauch kribbelt es.

»Ich mich auch«, flüstert er, und dann legen wir auf. So ganz klar ist mir nicht, wie es jetzt weitergeht. Ich verstehe, dass Nico Zweifel hat. Aber ich werde alles daransetzen, ihm zu zeigen, dass ich nur ihn will und dass Lennert ein Fehler war.

30

EINE KNAPPE WOCHE später stehe ich vor meinem Kleiderschrank. Ich weiß, ich habe das perfekte Shirt für heute Abend an. Ein Lächeln zieht über mein Gesicht. In den letzten Tagen ist so viel passiert, dass ich es selbst kaum glauben kann. Am Montagmorgen, dem Tag nach unserem Telefonat, hat Nico vor meiner Haustür auf mich gewartet. Mir ist ein riesiger Stein vom Herzen gefallen, als er da an der Laterne lehnte.

Immerhin hat er einen riesigen Umweg gemacht, um zu mir zu kommen. Und er hat gelächelt, als er mich gesehen hat. Wir sind dann zusammen zur Schule gelaufen, haben aber erst mal eine Weile gar nichts gesagt. Als wir an der roten Ampel vor der Schule standen, haben wir uns endlich angesehen und uns angelächelt. Da war das Eis dann gebrochen, und keine drei Sekunden später hat Nico meine Hand genommen. Einfach so. Eine warme Woge durchlief mich. Das fühlte sich toll an.

Einen kritischen Moment gab es noch, als wir Lennert das erste Mal gemeinsam über den Weg gelaufen sind. Nico ließ sofort meine Hand los. Es war wie ein Reflex. Aber ich habe seine Hand einfach wieder genommen und sie fest gedrückt.

Lennert hat blöd geguckt, aber ich habe Nicos Hand nur noch fester gedrückt und ihn weitergezogen.

Seitdem verbringen wir jede freie Minute zusammen. In den Pausen auf dem Hof und nach der Schule meistens bei mir, wo wir unsere Hausaufgaben zusammen machen. Vor ein paar Tagen haben wir meine leere Wand über dem Bett neu dekoriert. Wir haben eine riesige Gitarre draufgemalt, und vielleicht schreiben wir noch ein paar Songtexte dazu. Ich weiß aber noch nicht, welchen. Durch Nico lerne ich so viel neue Musik kennen, dass ich mich einfach noch nicht entscheiden konnte.

An den Abenden gehen wir in ein Café oder bummeln einfach durch die Stadt. Egal was, Hauptsache, wir sind zusammen. Zum Glück sind jetzt Ferien, also haben wir noch viel mehr gemeinsame Zeit. Wir haben uns zwar noch nicht richtig geküsst oder so, aber wir halten Händchen. Und wir umarmen uns und küssen uns zur Begrüßung auf die Wangen. Der Rest wird schon noch kommen. Vielleicht sogar schon heute Abend, wer weiß.

Mama und Papa finden Nico auch total nett und lassen uns in Ruhe. Zweimal hat er abends mit uns gegessen, und wie ich vermutet hatte, können Nico und Papa sich stundenlang über Musik unterhalten. Ich glaube, Nico hat bei Papa echt einen Stein im Brett. Vor allem, seit er Papa eine Internetplattform empfohlen hat, auf der man günstig alte Schallplatten erstehen kann. Nicos Eltern habe ich noch nicht kennengelernt. Er wollte mich noch nicht zu sich nach Hause mitnehmen – vermutlich wegen Lennert. Aber auch das kommt zu seiner Zeit.

Es klingelt an der Tür. Das müssen Emily und Max sein.

»Ich gehe jetzt!«, rufe ich ins Wohnzimmer und werfe mir meine Jacke über. Dann renne ich die Treppen hinunter.

Als ich die Haustür aufreiße, stehen draußen Max und Emily Arm in Arm.

»Super Shirt!« Max lacht. Ich mag ihn wirklich gerne und glaube, auch Nico kann ihn gut leiden. Wir haben uns erst ein Mal zu viert getroffen, aber das war ein richtig lustiger Abend.

»Vielen Dank!«, sage ich grinsend. Ich hake mich bei Emily ein, und dann ziehen wir los.

Im Gemeindehaus treten *Next Door* auf. Es ist der letzte Auftritt vor dem Nachwuchswettbewerb nächste Woche. Heute ist es für mich besonders aufregend, weil ich das erste Mal als offizielle Freundin eines Bandmitglieds dabei bin. Wahnsinn! Das Konzert geht um achtzehn Uhr los, und wir haben unsere Ankunft so getimt, dass wir nicht zu früh kommen. Wegen des Shirts, denn das soll ja eine Überraschung sein.

Als wir den dunklen Raum betreten, sehe ich, dass die Jungs schon auf der Bühne sind. Unruhig schaut Nico sich von oben aus um. Ich hebe meinen Arm, um ihn auf uns aufmerksam zu machen. Er nickt mir beruhigt zu. Hatte wohl Sorge, dass wir es nicht rechtzeitig schaffen würden.

Während die Band unter Applaus und Jubel die ersten Töne anstimmt, ziehe ich langsam meine Jacke aus und bahne mir mit Emily und Max im Schlepptau einen Weg in die erste Reihe. Nico grinst, als er uns sieht. Ich deute auf mein T-Shirt, dessen Aufdruck er mit zusammengekniffenen Augen zu entziffern versucht. Es hört sich an, als wenn er ein paar Töne verhaut, als er die Worte liest, aber das ist egal. Seine Augen strahlen mich an, und ich weiß, dass ich das beste T-Shirt aller Zeiten trage.

Keine Ahnung, ob Lennert es auch gesehen hat, zumindest verzieht er das Gesicht, als sich unsere Blicke treffen. Mir ist egal, was er denkt. Ich möchte nur, dass er Nico und mich in Ruhe lässt, was er bislang tut. Ich bin gespannt, wie es wird, wenn ich das erste Mal bei den beiden zu Hause bin.

Wir wippen im Takt mit. Zum ersten Mal, seit ich *Next Door*-Fan bin, fühle ich mich so frei und kann ein Bandmitglied anhimmeln, soviel ich nur will. Es ist phantastisch. Lauthals singe ich die Lieder mit, klatsche und tanze. Glück pur.

Natürlich ist das Konzert viel zu schnell vorbei. Nach sechs Songs und einer Zugabe gehen die Jungs von der Bühne. Das Publikum klatscht und jubelt, aber weil noch eine andere Band auftritt, können sie keine Zugabe geben. Das Licht auf der Bühne bleibt dunkel, man erkennt aber, wie die Jungs der nächsten Band ihre Instrumente auf die Bühne tragen. Wie elektrisiert gehe ich mit Emily und Max in den hinteren Bereich des Raums, in dem ein freies Sofa ist. Die beiden lassen sich fallen, aber ich bin noch zu aufgeladen, um mich zu setzen.

»Es war super«, schwärmt Emily.

»Super? Es war gigantisch!« Noch einmal stimme ich den Refrain von *Glückskind* an, als auch schon Nico zu uns stößt.

»He, Backgroundsängerinnen können wir immer brauchen«, sagt er und legt mir den Arm um die Hüfte.

Ich lache laut auf. »Nee, du, kein Bedarf! *Next Door* ist ja für seinen Verschleiß bekannt. Ich bleibe lieber Fan in der ersten Reihe.«

Nico nickt anerkennend. »Da sehe ich dich auch am liebsten. Vor allem mit dem Shirt!« Er wirft mir bewundernde Blicke zu. »Du kommst auf Ideen!«

Mein Gesicht wird heiß. »Genau genommen war es Emilys Idee«, sage ich, um überhaupt irgendwas zu sagen. »Aber das tut der Aussage natürlich keinen Abbruch.« Wir strahlen uns an, und mein Herz schlägt Purzelbäume. Aus den Augenwinkeln sehe ich, wie sich auch die anderen Bandmitglieder unters Volk mischen. Ole hält die Backgroundsängerin vom Schulfest im Arm, Lennert irgendein Mädchen, das ich noch nie gesehen habe und das ich vermutlich auch nie wieder sehen werde. Er wechselt ja die Mädchen beinahe so oft wie seine Shirts.

»Hey«, holt Nico mich aus meinen Gedanken. »Kommst du kurz mit raus? Hier ist es so stickig.«

»Klar!« Gemeinsam gehen wir vor die Tür. Die Nächte sind jetzt kalt, und ich fange sofort an zu zittern. Nico schlingt beide Arme um mich.

»Das ist so süß mit dem Shirt. Danke!«

Ich grinse und freue mich, dass es die gewünschte Wirkung hatte. Wir sehen uns lange an, und ich weiß gar nicht, wie ich jemals ohne ihn sein konnte. Und wie ich so blind sein konnte, dass ich nicht gleich gesehen habe, was für ein toller Mensch er ist.

Ich schmiege meinen Kopf an seine Schulter. Langsam wandert seine Hand, die er eben noch um meine Taille geschlungen hatte, meinen Rücken hinauf. War mir eben tatsächlich noch kalt? In meinem Nacken bleibt die Hand liegen und streichelt sanft den hinteren Haaransatz. Ich hebe meinen Kopf und sehe Nico direkt in die Augen. Dann bewegt sich sein Kopf langsam auf meinen zu. Er kommt mir immer näher. Ich schlucke. Als Nico seine Augen schließt, schließe auch ich meine, und dann küssen wir uns. Alles fühlt sich perfekt an.

Ich wünschte, dieser Moment würde bis in alle Ewigkeit andauern. Doch dann lässt Nico mich wieder los, tritt einen Schritt zurück und fragt lächelnd: »Und es ist wirklich wahr, was auf deinem T-Shirt steht?«

»Ja«, sage ich und blicke ihm tief in die Augen. »*I prefer the bassist!*«

ENDE

TRAUMTYP IM TANZKURS

Sonja Bullen
Miss Apfelblüte

Feli ist mit ihrer Familie von Hamburg aufs platte Land gezogen. Hier ist wirklich gar nichts los, weit und breit nur Kuhställe, Matschpfützen und Apfelbäume. Na großartig! Ausgerechnet jetzt macht auch noch ihr Freund Ben Schluss. Klar, dass Feli sich in richtiger Weltuntergangsstimmung befindet. Aber dann gibt es doch einen Lichtblick: den süßen Peer aus dem Tanzkurs …

192 Seiten – Ab 12 Jahren
ISBN 978-3-86430-039-4

Liebe

lustig

Blütenfest

Pink